何夏寿 著

一位小学校长的办学故事

何夏寿
散文精品

校长优先

序

　　几年前,有人动员我,你都当了二十多年校长了,写本书吧。我心里说,写什么哦,又不是什么成功人士。

　　有一天,我去听一位二年级老师的课。上的是《雪地里的小画家》,老师讲得真好。当老师和孩子们反反复复读"小鸡画竹叶,小狗画梅花……"这几句时,我忽然想,我真的连小鸡小狗都不如,它们都懂得面对一场大雪,要留个纪念。而我……

　　人非草木,岂能无情。其实,我心里何尝没有一份眷念呢?没错,这二十多年来,多少师长,多少同事,多少孩子给予我点拨、帮助和鼓励,我都深深地记着,久久地念着。

　　听着听着,我便有了写书的冲动,于是便有了这本书。

　　在这本书里,我写我怎样莫名其妙地当上了校长,我讲我怎样一知半解地开展童话教育,我说我怎样稀里糊涂地管理学校,我忏悔我怎样煞有介事地发号施令……当然,更多的是写那些爱护我、关心我、支持我的领导、师长和同事,他们对我的好,我都深深地记着,久久地念着。

　　昨天,我校喜获教育部和人社部联合授予的"全国教育系统先进集体"称号。一所地地道道的乡村小学,严格意义上说是所村小,获得如此高规格的荣誉,这怎能不让人欣喜。听到消息时,我不禁泪流满面,激动得像安徒生笔下的丑小鸭,差点要飞起来。这天,我在微信朋友圈里写道:

致金近小学

我来时

你还不叫你现在的名字

我静静地站在你的面前

想象着你未来的样子

你是石板缝里的一粒种

你是盐碱地上的一棵苗

谁都有理由怀疑你长大

谁都有权利离开你高飞

唯有我，注定和你不离不弃

二十二年了

我送走了春

挽不住夏

留不住秋

漫漫的冬日

我挽着你

看着你一点点地长大

今天终见你苗壮成材

你青春勃发，我两鬓如霜

我哭了

但流下的是自豪与欢欣的眼泪

（写在金近小学喜获"全国教育系统先进集体"称号之际）

我曾经听过一个故事。20世纪70年代末，在一个山村里，一个雨夜，一位老农为了保护文物，从山坡上滚下来，把盗墓贼给死死地压在身下,避免了古墓被盗。县里决定授予这位老农"见义勇为的英雄"称号。记者闻讯前去采访,请老农讲讲舍身保护文物的英勇壮举。这位老农说,那天,他不是有意去保护的。真正的故事是他家住在山坡上,那天晚上,他因内急找地方去小解。天黑,又下雨,他不小心踩到一块石头上,滑倒了。就这样,"咚咚咚"地滚了下去,刚好有个小偷在盗墓,就这样而已。而且他根本不知道,山坡下居然有个古墓。记者听后,嘴张得都合不拢了。好半天,记者反应过来说,"见义勇为的英雄"称号立刻就要批下来,宣传也都铺天盖地了,你还是按大家要求的来说吧,这样你这一辈子就光荣无比了。但是,这位老农却坚持说,是自己不小心滚下去的。

"要是说假话,那我一辈子都内疚。"老农坚定地说。

结果可想而知了,老农没有获得那个英雄称号,依然在那个山村里做着农民,生活过得依然很艰辛。他临死前,有人问他现在是不是后悔了。他说:"没有。我是种地的,本来就不是英雄。如果我谎说自己是个英雄,阎王也会判我重刑的。那时,才叫后悔呢!"

这位老农是我的精神导师。

有人说金近小学的这个很高级的荣誉,主要归功于我。我对他们说,这绝不是我个人的功劳,而应该归功于政府、社会的关心和广大师生的努力。

我这么说,也绝对不是客套,更不是装腔作势,不信,你读下去就明白了。

目　　录

上岗

降　　级

　　四埠乡中心小学,你应该没听说过。别找了,现在的地图上是没有的。还是让我讲给你听吧。

　　多年前,四埠是绍兴市上虞县的一个乡,有近 20000 人口。四埠乡中心小学是四埠乡规模最大的小学。学校建在距乡政府仅百米的浙海村,和所在地的卫生院、供销社、文化馆等,共同组成全乡的中心区域。20 世纪 80 年代,处于鼎盛时期的中心小学下辖 10 所村小。我就在这 10 所村小学里的一所——四埠乡前庄完小当语文老师。四埠乡中心小学曾获得过上虞县文明单位等很多荣誉,吸引了很多优秀的老师。可谁也没想到,1993 年,上虞撤乡并镇,四埠乡划归附近的沥东镇管辖。这一来,四埠乡中心小学便成为沥东镇中心小学的一所下属完小。

　　都说人往高处走,水往低处流。可是,四埠乡中心小学没往高处走,却向低处"流"了。

　　沥东镇中心小学和四埠乡中心小学原来都是县教委直管的平级单位,学校之间也常有往来,是平起平坐的兄弟学校。但撤乡并镇后,"兄弟"变成了"父子"。四埠乡中心小学多少有点"雕栏玉砌应犹在,只是朱颜改"的惆怅。想想当年,四埠乡中心小学的老校长在上虞教育界以经验足、管理好著称。可这一来,老校长成为人家校长手下的一位中层干部。而且那位校长特别年轻,老校长东山再起的可能性也几乎为零了。

老校长懂"历史"。他把"兴校"的大志，寄托到下一任身上。还没到退休年龄，他就坚决请辞。

1996年6月21日，那是个一会儿有阳光一会儿有雨的日子。沥东镇政府决定调整四埠乡中心小学的领导班子，他们派镇教育党总支书记找新校长谈话。对了，被谈话的就是我——何夏寿同志。

谈　　话

　　我是在谈话前一天,才知道要被约去谈话的。

　　那天是 1996 年 6 月 20 日,我在崧厦中学批改全区六年级毕业考试语文试卷,担任阅卷组组长。

　　那天傍晚,我统计完了全区各学校的语文成绩,刚要回家,崧厦中学的陈志兴校长(也是我高中的语文老师)喊住了我。

　　"陈老师,有什么事吗?"我一直喊他陈老师。

　　"刚才你们沥东镇政府打电话过来,让我告诉你,明天上午 8 点,请你到沥东镇中学的校长室去一趟。"

　　"去镇中?"

　　"好事。"陈老师的笑是彩色的,"真的。"

　　彩色的笑容易让人猜测。我说:"陈老师,你不告诉我好事是什么,我晚上会一直猜的,猜得睡不着,你不是难为我吗?"见我这样执着,陈老师松了口:"听说让你做校长!"

　　"啊,有没有搞错啊!我不做的。"我急了。陈老师说:"又不是我让你去做,你跟我急什么啊。"我感觉有点失态了,连忙道歉。陈老师又补充了一句:"我也是听说,不一定当真。你明天去一下,就知道了。"

　　那天晚上,我还真睡不着了。凭直觉,陈老师的"听说"肯定是真的。我可是从没想过做我们前庄完小的校长,尽管我无比热爱这所学校。

这个校长能当吗？要管好 100 多个学生，还有 10 个老师。要钱没钱，要权没权。一项任务布置下去，100 多个孩子青蛙一样的大叫大嚷可以吵死你，10 个老师刺猬一样的抵触可以气死你。有时还会冷不丁冒出个蛮不讲理的家长，让你抓狂。这些绝不是我编的，也不是我的凭空想象，是我 17 年教育生涯中屡见不鲜的事情。没有弥勒佛一样的"大肚"，最好不要碰这个烫手的山芋。

我下定了决心，誓死不当这个校长。

我也没想到自己的"誓死"，像纸一样，不堪一击。

"我从没当过校长，连村小的校长也没当过，不要说校长了，我连村小的教导主任也没当过。"我陈述了一堆不当校长的理由。

"你的入党志愿书还在我这里呢！"找我谈话的沥东镇教育党总支书记吕苗林，笑着对我说。这么一句话就把我的所有理由给挡回去了。俗话说："打蛇打七寸。"领导就是领导，一下打中了我的要害。

是的，上周我填写了入党志愿书。我的脸一阵发热，想到了志愿书上最后的一句话"为共产主义事业奋斗终生"。

"要不，先当我们前庄完小的校长吧！"我开始败退，但还在作最后的挣扎。

吕书记还是笑着说："我们可以商量怎么当好校长。至于当哪一级的校长，这里不是菜市场，不能讨价还价。哈哈！"

吕书记的"哈哈"，分明就是"照办"的意思。我想了一个晚上的理由不知跑到哪儿去了。

我说："那如果当不好，就让我不要当哦！"

"还没当，怎么就知道当不好呢？"吕书记的笑，让我紧张的心得到了一些安慰。

若干年后，我去看望已经退休了的吕书记，向他感谢昔日器重之恩。他说："当时让你连升三级，我确实顶着很大的压力，有来自镇政府的、社会的和学校的。好在，我没看错你的要强、上进的个性。你看，金近小学现在已是上虞名校，你也是上虞名校长了。"

　　我问他为什么那么器重我。他说："你在当老师的时候，我几次让你帮我们镇中排文艺节目。你不但不推辞，还把我们的事当成自己的事，又是指导排练，又是帮忙买服装。最后获了奖，学校要发你辅导费，你还一个劲儿地说不要不要。你的行为触动了我。"

　　我说："排节目是我喜欢做的事，我还要感谢您给我提供平台呢。"

　　"那时我就觉得你这人有德有才，可用。"

　　原来如此。

　　"有德有才"，这句话成为我一生做人看人的不二信条。

上　岗

1996 年 6 月 23 日，我正式当上了校长。

这里要介绍一下本校长了。

我出生于 1963 年。一定是上天垂爱，3 岁那年，我患了小儿麻痹症，瘸了右腿。不同寻常的走路样子，方便老天爷在人群中找到我。

我相信命运是公平的。富贵也好，贫穷也罢；美丽也好，丑陋也罢；健康也好，病弱也罢，都是命运的安排。关键是你怎么去读懂命运，正视安排。拿残疾来说，行动不便固然限制了你的活动空间，但你会拥有更多在寂寞中思考人生的时间。也因为身体不便，你会比别人更多地品味世态，感受人情。人家得用一生的时间读懂的生活，你也许不到而立之年就能体察到了。有这么一句名言：上帝对你关上了一扇门，也会为你打开一扇窗。也许，只要自己多用点力，说不定这扇窗会比门开得还大一些。

因为腿脚不便，记忆中我很少跟小伙伴出去玩。自从识字以后，除了吃喝拉撒，几乎所有的时间我都用来读书。

我迷书。在那个年代，学校对学生的学业是不重视的。学生有的是业余时间。酷爱看小人书的我，看了很多的故事书。在文学经典稀缺的那个年代，连环画以外的书一般人是看不到的。恰好，我们班上有位同学的父亲在县委做秘书，我就通过同学的关系借到了许多文学书籍。尽管那些书描写的是革命人与天斗、与地斗的豪情故事,缺少文学的纯美,但在当时,足够吸引爱好读书的我。于是,我整天泡在书里。

1977年,国家恢复了高考。在上高二的我锁定了报考文科的目标,班上的老师认真地辅导我。因为老师们都觉得我腿脚不便,即使考不上大学,哪怕上个中专,将来也可以找个轻便的工作。然而,老师和我的想法犹如一个多彩的肥皂泡,被1978年无情的报考政策给打破了——残疾人不能报考大学、中专。那一年,我虚岁才16。

尽管说,少年不识愁滋味,可这根无情的稻草几乎压垮了我。所幸我早就读过《钢铁是怎样炼成的》,崇拜保尔·柯察金的勇敢精神。我曾预设过我的未来:我可能会做作家,这是首选,因为体面;我还会选择做服装设计;我还想成为一名专业会计。有梦才会快乐。这一年的下半年,我高中毕业了,决定先去生产队和同龄人一起参加"学大寨"。

1979年的春天,因一位女教师要随丈夫去外地,前庄村小学校决定招一位代课教师。从未想过当老师的我,开始萌生了去当老师的念头。一是当老师毕竟是从事脑力劳动,可免去天天"学大寨"的艰辛;二是当老师有意思,能够将自己所知道的故事、书里的内容统统告诉学生。想是这样想,可代课教师也不是很容易当的,村子里有17个同龄人都想当呢。村里最后决定:考!考试我不怕,只要没有残疾人不可以参考的规定就行。

考试一切顺利。我的写作特长在语文考试中得到了充分的体现。我擅长写叙事的、能打动人心的文章,评卷老师一下喜欢上了这样的作文,自然打了高分。数学也过得去。语文和数学考分相加,我在17个参考人中排第一。就这样,我走上了代课教师的岗位。没想到,这一代课,就一辈子与教育结缘了。

在代课教师的岗位上,我还是肯钻研的。语文是我的强项,才教了两年书,我的语文课就在全乡有知名度了。在全乡范围里,我上了很多公开课,得到了很多老师的青睐。再后来,乡中心小学的领导还让我到上虞县上公开课。县小学语文教研员听了我的课,很是欣赏,多次让我去全县各乡镇上课。一来二去,我的语文教学在全县有了点名气。1985年,我这位代课教师居然被评为上虞县语文教坛新秀。

除了语文,我还有另一大爱好,就是唱戏和唱歌。在初高中时期,我就是班上的文艺委员。我会唱京剧,8个京剧样板戏中的主要唱段几乎全会。当代课教师后,正好遇上越剧流行,我又爱上了越剧。当时,《红楼梦》等几部越剧电影中的主要唱段,我也都能唱下来。到20世纪90年代初,流行歌曲诸如《年轻的朋友来相会》《军港之夜》等,我更是一学就会。我很想让自己的学生能够像自己一样,学点文学的、艺术的东西。自己爱唱歌,我就有意识地培养学生唱歌。我让村小的领导给我额外加上音乐课,村小领导一口就答应。于是,我除了教语文,还教音乐。后来,领导见我能上课,工作又积极,又叫我担任了学校的少先队辅导员。要是换了别人,肯定会嫌工作负担太重了,但爱上教学的我,对于领导的安排还不胜感激呢。我干劲十足,将少先队工作与艺术相结合,将作文教学与少先队活动相结合,开展了丰富多彩的实践活动。我还开设公开课,撰写教学论文。1986年,我被评为绍兴市优秀少先队辅导员。

一晃做代课教师快10年了。尽管我在教书育人方面取得了一定的成绩,但做代课教师,就像寄居在别人屋檐下的燕子,时时提心吊胆,担心失去这一份难得的工作。我经常担忧,一旦有公办教

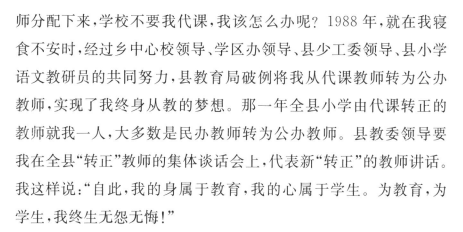

师分配下来,学校不要我代课,我该怎么办呢? 1988 年,就在我寝食不安时,经过乡中心校领导、学区办领导、县少工委领导、县小学语文教研员的共同努力,县教育局破例将我从代课教师转为公办教师,实现了我终身从教的梦想。那一年全县小学由代课转正的教师就我一人,大多数是民办教师转为公办教师。县教委领导要我在全县"转正"教师的集体谈话会上,代表新"转正"的教师讲话。我这样说:"自此,我的身属于教育,我的心属于学生。为教育,为学生,我终生无怨无悔!"

时光如流水,一晃又 8 年过去了。8 年中,我自学了中师课程,拿到了一张在别人看来毫不起眼但在我看来弥足珍贵的毕业证书。我连续带了 8 届村小的毕业班语文课。我善于将活动引入课堂,课上得活泼好玩,尤其是我开展的快乐作文的教学实验,提高了学生对语文学习的兴趣。我所教的学生普遍爱写作文。在全乡语文统考中,我们班语文成绩年年位于全乡第一。同样,我的少先队工作也很出色。从 1983 年开始,我从一本杂志中了解到《小猫钓鱼》的作者——著名儿童文学作家金近是我们学校所在的前庄村人。我马上与金近先生取得联系。之后,我一面将自己业余时间写的儿童小说之类的习作请金近先生点评斧正,一面在全体少先队员中开展"知金近、颂金近、学金近"系列活动。我还多次为全县及外县少先队工作者上观摩课。一时间,我们前庄完小的少先队工作成为全绍兴市的一张名片。

我做的这些事,得到了乡中心小学从教导主任到校长的一致认可。据说,老校长在到龄退职前,向镇教育党总支书记郑重地推荐我为校长人选。

"何夏寿老师从一名村小老师到中心小学校长,跳过了村完小校长,跳过了中心小学副校长,一下完成三级跳。这是我镇教育用人的创新之举。"镇教育党总支吕书记当着四埠小学全体教师的面,把我着力介绍了一番。

　　吕书记介绍完走了。我正式走进四埠小学的校长办公室,一间才 4 平方米左右的屋子。

校　　长

　　校长怎么当呢？我开始极力回忆参加工作以来，我所认识的几位校长。我回忆的目的明摆着——依样画葫芦。

1

　　我接触的第一位校长叫陈志山。他是我们前庄村人，四十多岁，是个民办教师，人很和气、真诚、宽厚。陈校长对学校、对学生极负责任。记忆中学校大门每天都是他开关的，哪怕刮风下雨，哪怕大雪纷飞。我们老师根本不用去学校值早班、值晚班。

　　有一次，陈校长半夜生病，又吐又泻，五更天才睡着，后来睡过了头。再后来，学校大门一直没人开，因为往常这个点，谁都还没上班，哪怕是当天的值班老师。就这样，100多个小学生像无头苍蝇一样在校门口打转转。

　　要认为我们学校无组织无制度，那是冤枉的。我们学校办公室的墙上，端端正正地贴着陈校长用一手漂亮的隶书写的值班制度。教师上班时间是上午7点30分。只是陈校长一贯严于律己、宽以待人，从来不会批评不按时上班的老师。时间一长，大家还真把几点上班给忘了，上班都是凭着感觉的。感觉灵敏的，准时一些；感觉失灵的，或者刚好家里有事，上班迟到也是常有的。陈校长发现你没来，也不会批评你。不但不会批评，还总是想办法给你管理班级纪律。

陈校长就是这样好。

要是不出什么事,陈校长可以一直好下去。可偏偏出事了。陈校长因病睡过了的那天,有两个小学生在校门口打起了架。一个孩子被另一个孩子推倒了,来了个嘴啃泥,落了一颗门牙。孩子爸爸知道了,来到学校打了另一个孩子的嘴巴。被打的孩子捂着脸,哭着跑回家。谁家孩子没有父亲啊,结果两个父亲在校门口打了起来,一直打到陈校长拖着虚弱的身体来开门。

后来这事由生产队出面调解,队长狠狠地批评了陈校长,还扣了陈校长 3 块钱的工资。那个年代,3 块钱也是大数目哦,一个月工资才 24 块钱呢。你说陈校长冤不冤。

事后,老师们都说,陈校长真不能生病,他一生病,学校也生病。老师们这样说陈校长,却没有说我们应该准时上班。那天陈校长从生产队回校,说以后大家一定要按规定值班了,万一他闹个肚子痛什么的。

可大家都把陈校长的话当耳旁风。不到一周,学校又出事了。倪老师因夫妻吵架,气喘病犯了,来不了学校。他不来学校倒也罢了,偏偏班上有位捣蛋学生爬到学校围墙上往下跳,摔断了腿。幸好那孩子是陈校长的侄子,要不家长吵到大队部,陈校长又得被扣 3 块钱。这次,陈校长动怒了,当着办公室老师的面,批评了倪老师。

陈校长一走,办公室里就吵起来了。有的说,陈志山有架子了。有的说,这规定是他一个人定的,大家又没有同意,要执行就让他一个人去执行。还有的说,他这个民办教师,又不是陈志山给他当的,是生产队长叫他当的……我有点为陈校长叫屈,但我不敢表态。

过了大约一个星期,我们全乡教师集中去乡中心小学。有一个民办教师转为公办教师的名额,需要由全乡教师投票产生。能当上

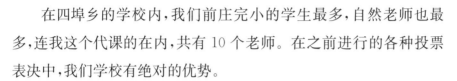

正式教师,这是民办教师一辈子的梦想。

投票其实就是投人缘,虽然文件上写着一条一条的标准,但是谁会一条条去对照?

在四埠乡的学校内,我们前庄完小的学生最多,自然老师也最多,连我这个代课的在内,共有 10 个老师。在之前进行的各种投票表决中,我们学校有绝对的优势。

文件规定,这次符合转正条件的民办教师共有 5 名。我们前庄完小除了陈校长,还有一个是倪老师。对了,倪老师就是那个在家吵架没来学校的老师。我以为,凭着陈校长这么多年对学校的忠诚,这次投票转正应该没有任何问题。

可是,当场统计票数的结果,陈校长以一票之差败给了倪老师。乡中心小学校长宣布票数时,我看到陈校长的脸红了,眼里泛着特别的光。

可回家路上,陈校长一脸真诚地祝贺倪老师。我猜测,他的心一定在滴血。

后来,我发现,我有点以小人之心度君子之腹了。

不久后的一天,我对陈校长说:"陈老师,那个转正的名额应该是你的。"

"我确实也这么想。我比倪老师教书早,班上学生的考试成绩也比他的学生好,又当着这个校长。"我正要再次发表我对此事的不平,陈校长用手制止了我,"可事后我想,我这个校长没当好,队长对我有意见,老师们也对我有看法,所以大家投倪老师的票也是对的。最近我一直在想,怎样做好这个校长。你也帮我出出点子。"

我心里想,校长不是人当的,而是神当的,像陈校长这样的神。

还要说明一下,我是陈校长的学生。他是我的小学数学老师,教了我四年级和五年级两年的数学课。我们那时是五年学制，五年级就是毕业年级。我数学成绩一向不好，那次毕业考试是我平生唯一一次数学成绩在全班夺魁，像一枚礼花一生只绚丽了那么一回。

感谢陈校长，不，陈老师！

2

"我是迟到了 5 分钟，可是我放学不是迟走 1 个小时吗？用我的 1 个小时，去抵扣 5 分钟还不行吗？"

"不行。照你这么说，学校不要有统一的上下班时间了。"

"照你这么算，大家都不会热爱学校了。"

"不会的。你晚下班，为学校奉献，学校感谢你。但你迟到了，当然要扣分，这是制度。"

"弄了半天还要扣分。以后，我一下班就走，一分钟也不留。"

"那也没办法。奉献是提倡，不强迫的。"

你不要以为，这是我在编剧本。不是，这是在吵架，吵得面红耳赤的，是真吵。是我和校长吵架，校长叫连永坚。

连永坚是我接触的第二位校长。我们前庄完小规模大。乡中心小学要将我们打造成上虞县先进完小，就派来了一个先进的校长。这个校长就是连永坚。

我感觉这个先进校长最先进的地方就是和你"计较"。他说老师一定要备课才能进课堂，于是就隔三岔五地查你的备课本。这还不算，他还将检查结果公布在办公室的黑板上，让"先进"和"落后"一目了然。他说每月要安排老师上公开课，月初就把上公开课老师的信息写在黑板上。而且，他还真去听课。等到轮到你上公开课的那一天，也许你自己都忘了这回事，像往常一样走进教室。一抬头，发现这位仁兄正端坐在你的教室后面,笑眯眯地等着你开讲。那一刻,你准会吓出一身冷汗。

尽管反对他的一本正经,但我打心底里还是挺认可他的,甚至还有点崇拜他,特别是他的口才。

他来到我们学校后,像商鞅一样立了好多"新法"。有些我们之前听都没听到过,比如每周一要搞一次升旗仪式。一开始我们很排斥他的"花架子",但几次参加下来,觉得还是蛮新奇的。特别是每次升完国旗唱完国歌后,他在国旗下的讲话,成了我默默期待的时刻。

连校长太博学了。在飘扬的国旗下,他一个人的"说书"开始了。有故事,有新闻,有时事,反正天文、地理、历史、哲学、文学、音乐等,他都能讲得头头是道。特别值得称道的是,他声若洪钟,而且完全脱稿,中途不打任何磕绊。我们全校 200 多个师生,齐刷刷地站在一个 300 平方米的操场上,全被他震住了。那时,我心里想,连校长是世界上最会讲话的校长。

老师们背后说,连永坚水平是高,就是太正经,太固执,太讲原则。一旦谁违反规定,撞了制度,他就拿谁开涮,不管你是谁。为此,他常常在办公室和老师理论,有时还闹到拍桌子。但拍过桌子后,他又像没事一样,和大家谈笑风生。就因为这样,和他理论的范围不断扩大。不光是正式教师、民办教师,连我这个代课教师也被卷进去了。

我说一下我和他吵架的原因吧。我自小有午睡的习惯,我曾经开玩笑,别人吃的午餐是米饭,我吃的午餐是安眠药。只要午饭一进肚,我就犯困,哈欠连天。这时候我什么都不想干,也干不了,只想打盹儿。你要是不让我打个盹儿,我一个下午都像生活在云雾里。

这一天,由于刚进入夏令时,我的生物钟和时间表还没有磨合好,我在家午睡睡过了。一睁眼,不好,都到上班时间了。我赶紧起来,不洗脸,不梳头,骑着自行车冲向学校。刚到校门口,我就被连校长逮了个正着。一看表,迟到5分钟。

这就是文章开头说的事情原委。

"好的,你扣吧。从明天开始,红领巾广播台我也不管了。"我越说越激动,拉开抽屉,取出一个讲义夹,啪的一声,重重地扔到连校长的办公桌上。

办公室的所有老师都屏住了呼吸。

我看到连校长脸红了,他用大得有点夸张的眼睛看了我一眼。

我有点后悔,想去收回那个讲义夹。可办公室里有这么多老师啊,太伤自尊了。连校长起身,收起讲义夹,把几张从里面跳出来的广播稿慢慢地整理好。

那一天晚上,我没有睡好。我感觉自己做得有点过头了。其实连校长说得没错,没有一个统一的上下班时间,爱几点到就几点到,爱几点走就几点走,哪还像学校?想是这么想,但要我去连校长那儿低头认个错,我感到像做贼一样难为情。

第二天早上,一进办公室,连校长笑嘻嘻地对我说:"祝贺你,昨天晚上,在全乡校长会议上,你被推荐为绍兴市十佳优秀辅导员了。"

"是吗?"我说得有点轻。我相信我笑得一定比哭还难看。

连校长边说边打开他的手提包,从包里取出一张表格:"你赶紧把这张表填好,第三节课我要送到乡中心小学去。"我看到他的脸灿烂得像没有一丝云的天空。

连校长上数学课去了。我拉开了他的抽屉,"偷"回了我扔出去的讲义夹。

那天午睡前,我叮嘱自己一定得提前起床。我还想好了今天放晚学,趁办公室的老师走掉后,一定得找连校长道个歉。可是再一想,这样多尴尬。要道歉也不要在今天,仿佛给了我先进,我就觉悟高了,太降格调了。过几天吧!想着想着,我就睡着了。

后来我被电话铃给唤醒了。

你猜电话是谁打来的?连校长。他说他怕我又睡过头。我说谢谢校长。他说,以后他都会打电话叫我起来。

我的脸一阵发热。我赶紧起来,一个劲儿地往脸上泼冷水。

连校长真没有食言。在后来我们相处的两年里,我每天高枕无忧,他每天都用电话呼我起床。我一次又一次地说:"不用呼了,我已经很不好意思了。"这也没有用,他还是继续呼我。

当然,我再也没有迟到过。

3

1996年秋天,刚刚开学的时候,我像模像样地做着校长,早晨、中午、下午各巡视一次校园。我巡视学校很仔细,不要说楼层、教室、厕所,就连垃圾角也不放过。我暗自发笑,以前自己特别反感校长像特务一样在教室外面东张西望的。我还暗暗地骂他们是"野鬼"。没想到,现在自己也成了"野鬼"。

巡视有效果吗?当然有了。

这不,发现了一个情况。

三楼的六年级办公室里,大白天开着灯,开着吊扇,四个老师聚精会神地在打牌。虽然是中午休息时间,也只是玩玩而已,但你们玩什么不好,偏要打牌?而且还敢开着大门,开着灯,这在向小朋友言传身教什么?你们有时间打牌,为什么一布置工作都叫"太忙了"?我越想越来气,在他们办公室门口走过来走过去,还故意干咳几声。

19

可他们都没发现,还玩得不亦乐乎。

我终于忍无可忍,走进了办公室。可他们还是没有看见我,因为他们正为打对了一张什么牌而欢乐地叫喊着。

太挑战我的耐性了。"谢吉琴!都十二点了,再过十分钟就是红领巾广播了。"我感觉自己的声音有点想打架的味道。

天哪,聚精会神的谢吉琴还在大笑。另一个年长的老师捅了她一下,她才终于看到我。

凡是心里有火,那脸一定也在冒火。

"谢吉琴,红领巾广播时间快到了!"我扔下这句话,转身走了。

我刚回到校长办公室,还没坐下,那个年长的老师来了。我问他有什么事。他说:"校长,你刚才这样的态度不好,我们在紧张的工作之余,利用中午休息时间娱乐娱乐,也可以理解。你不应该用对敌人一样的表情对待我们群众。谢老师正在办公室里哭,说是不要做少先队辅导员了。"

"你们大白天开着灯,还有理,作为老师不利用休息时间读点书,还在办公室赌博,还有理。"我想也不想地说了两句。突然,我觉得有些过火,话软了下来:"谢吉琴是我在前庄小学多年的朋友,我和她开玩笑惯了,她不会记我仇的。"

"哦,这样就好,也许是我多虑了。"年长一点的老师笑笑,有点困难地说,"何校长,其实我们纯粹是玩玩,赌博一词——"

我连声说:"这句话我说错了,说错了。"

本来以为事情到此就结束了。可还没完!

少先队大队长带着一批小干部来报告,说广播室门也没开,他们去找谢老师,可谢老师趴在桌子上哭。我说你们再找谢老师。

一会儿大队长又来了,带回广播室的一把钥匙,说谢老师说她不负责这个事了。我的火一下蹿上来,准备找她谈话。这时,我突然想到了陈校长,于是对自己反复说,宽容,忍耐,与人为善。

后来,我和大队长他们一起播完了广播。

这天下午,全校开展少先队活动。这是前几天我和谢吉琴老师一起决定的,活动内容是训练少先队基本礼仪。

全校 9 个班级的学生都在操场上集合了。少先队大队部的各个部门也各就各位了。可大队辅导员谢吉琴就像石头一样,站在自己班级的行列里一动不动。我压着火气走过去,对她说:"谢吉琴,快上领操台,活动可以开始了。"

"我不做大队辅导员了!"她把脸一扬,当我不存在。

"不要开玩笑了,全校师生都在等着呢!"我几近央求地说。

"我不做!"谢吉琴说得斩钉截铁。

少先队大队长跑过来:"谢老师,我们可以开始了吗?"

"你问校长吧,我不做辅导员了,以后也不要来问我了。"

大队长僵住了,无助地看着我。我克制了半天的耐心,一下子没了。我几乎吼着命令道:"大队长,活动开始吧!"

"那队歌的风琴谁弹?"

"我弹!"我的话说得像放炮。

我心里就像翻江倒海一样:不就是一个校级的辅导员吗? 我还是绍兴市十佳优秀辅导员呢! 谢吉琴,你也太娇贵了。我仅仅只是说了你一句,声音是大了一点,表情是严肃了一点,可你也太过分了,在背后说我像"南霸天",独霸一方。骂我也就算了,可你居然没有半点大局意识,把自己的岗位当儿戏。不杀这个邪气,我就不当这个校长。

第二周的教师会议上,我代表学校宣读了对谢吉琴老师的处理意见。其中一条就是，无视岗位，不履行工作职责，在当月师德考评中扣5分。我宣布的时候，空气是凝固的。我接着说："当然，谢吉琴老师平时工作也很负责，开学至今，她每天都晚回家将近半小时，这半小时的工作就是她的奉献，学校是记得的。但守纪与奉献是两回事，不能因为你奉献了，就可以违反纪律。这是我的想法，希望老师们能够理解！"

事后，老校长对我说："你对谢老师的处理是对的。做到了先礼后兵，先恩后威。老师们背后在议论，以前只知道你教书有一套，没想到你在管理上居然也有办法。"

我说："老校长，您过奖了，其实我只是凭着感觉做的。没想到能得到您和老师们的肯定。"

那天其实我想说，这一招，是向您学的！

事后，我去谢吉琴家里，与她推心置腹地谈心。她的心情也平复了，愿意继续担任大队辅导员。此后，谢吉琴工作一直都很认真负责，还被评上了县级少先队优秀大队辅导员。再后来，她结婚生子了，她让她儿子喊我大爸爸。

这是我学陈校长和连校长的结果。

连 老 师

我一直喊他连老师。

连老师起先是连校长,后来是连主任。我这样讲是不是有点绕,那我说得清楚点。连老师曾经是我们前庄完小的校长,那时我是前庄完小的老师。对了,就是那个每天用电话催我不要迟到的连校长。后来,我到四埠小学做了校长,他也调到四埠小学。那时,我新官上任,第一把火就是安排学校的领导班子。安排来安排去都缺一个好的总务主任,这让我心急火燎。连老师知道了,对我说,如果我信任他,他可以当这个总务主任。

我心花怒放。

我们前庄完小是一所最基层的村完小,要啥没啥,就是凭着连校长的精明能干,把学校办成了市优秀完小。这不奇怪的,你打开连校长的办公桌抽屉,就找到答案了:斧子、铁锤、老虎钳、螺丝刀、铁丝、铁钉……学校什么东西坏了,他都亲自修,不用花钱。

别误会。如果就此怀疑连校长不学无术,只会修修补补,那你就错了。他是1963年的正规师范毕业生,琴棋书画,样样精通;经史子集,无所不懂。

那时,我从头到脚崇拜他。

就这样,这个我崇拜的人成了我的总务主任。真像童话故事一般。

有一天,他走进了我的办公室,向我反映一个问题:经过一段时间的了解,四埠小学有个不太好的传统,每个老师都可以随便到总务处来领白纸。上个月,刚买了一千张纸,还不到月底,白纸就没了。

我问怎么办。

连老师说,从下个月起,一般情况下不给领白纸,如遇考试、比赛等特殊情况,由老师向总务处登记。

我说好。

连老师还提到,粉笔、黑板擦、扫把等学校财物的保管使用也要规范起来。

我说,好的。

可老师们说不好。

有一天,我路过总务处,听到学校一位年长的男老师正在大声地质问连老师:"我拿白纸又不是去吃,为什么要登记?"

"你不要激动。"连老师的声音像棉花一样软,"我也是执行学校的规定,你配合一下就行了!"

"学校的规定?什么时候的规定?还不是你说的。"

"好好,是我,是我。"连老师仍然满脸堆笑,"你不写算了,我帮你写。"

"谁要你写!"那老师的声音震天响,"你有本事写下我的名字,我就把你的本子给撕了!"

我赶紧走过去。那老师先发制人,向我陈述吵架之事,还特意加了一句:"学校才不会这么不近人情。"

我正要开口,连老师抢在我前头:"是的,这个是我的个人行为。如果是学校决定的,你哪怕烧了本子,我也要写的。"

那老师从连老师手里夺过白纸,怒气冲冲地走了。

我说,连老师你受气了。连老师说,没事的,应该通过教师大会,把这个决定公布出去。如果公布了,就可照章办事,就不怕人说了。

一周后,学校公布了有关财物使用的规定。此后,连老师真不怕了,为了一盒粉笔,一个鸡毛掸子,他常常和老师闹得面红耳赤。年终,学校进行一年一度的中层干部民主测评,连老师的得票最低。我说,连老师你受委屈了。他说,学校要开源节流,必须这样做。老师们一时难以接受,以后会理解的。

连老师就是这样一个顶真的人。

我再说一件事,连老师不一定记得了。那是 2002 年,那时候四埠小学已改名叫金近小学了。一改成金近小学,学校名气就大了,来学校参观、考察的人特别多。

我觉得校长办公室常年失修,太寒碜了,打算装修一下。连老师勉强同意了。

这一天,连老师叫来了负责装修的几个师傅,有木匠、泥水匠、油漆匠等。我们在准备装修的屋子里,边看边设计着。我提了许多想法,比如办公桌要什么样的,沙发要什么样的,要铺地板,还要打一排书柜。

"这个那个,都这么高档,学校有钱吗?上个月的考核奖都没发!"连老师打断了我。

这时我才发现连老师的脸是铁青的。

我很生气。当着这么多外人的面,你一个总务主任毫不留情地指责我。这个学校到底我是校长还是你是校长,是你说了算还是我说了算?这样一想,我爆发了:"这个用不着你管!"

"呵呵,是的,校长总有办法的。"连老师也不让步。

事后,我觉得连老师说得也有道理,学校经费紧张呢。我主动找连老师道歉，并提出办公室装修要尽量节省。我在图纸上尽量删减，删到连老师也说别删了，再下去就不像样了。

装修是在暑假。连老师天天到学校来，一天也没在家休息，全程负责办公室装修，连买一颗螺丝钉也亲自过问。

连老师是2005年退休的。从1996年开始，他担任了10年总务主任。

在欢送他光荣退休的会上，我说，连老师当总务主任的10年里，为学校积财无数，和人吵架无数，学校应该感谢他。老师们掌声四起。

忘了告诉你，连老师的名字叫连永坚。多好的名字，不管自己当校长还是辅助下属当校长，不变的是他永远带着一颗至真至善的，向着孩子、向着学校的坚定的心。

起　步

倪树根先生

1998 年,夏天。

有一天,郑志刚老师打电话问我,在学校吗？我说在呀,郑老师有什么事吗？他说,下午到你们学校来。

郑老师是上虞某校的语文老师,擅长写故事,是个儿童文学作家。因为我也写些儿童文学作品,加上又是同行,我和他关系一直比较要好。

下午,郑老师来了。他是来找我谈儿童文学教学的,我们聊得很投机。临了,郑老师说,下个月初,浙江省作家协会儿童文学创作委员会要举办浙江省首届儿童文学作家培训会,你去不去？我连忙说去。

8 月 10 日,我来到位于杭州的浙江文艺大厦。这里正在举办浙江省首届儿童文学作家培训会。我带着青年教师李立军,来到了这里。

在这次培训会上,我见到了好几位大名鼎鼎的儿童文学作家:曾任省作家协会副主席的著名作家沈虎根,当代著名女作家、省作家协会主席叶文玲,著名童话作家赵冰波,浙江省作家协会儿童文学创作委员会主任、著名儿童文学作家倪树根先生。

培训会开始的第一天,开幕式上来了许多领导,倪树根先生便是其中的一位。当时我还不知道这位头发稀疏,长着两颗大门牙,全身上下透着农民气息的瘦长老头,就是创作了童话《笋芽儿》等作品的著名儿童文学作家倪树根,更不知道他还是浙江儿童文学的掌门人。培训学习的这几天,尽管是天天相见,但我总觉得人家是著名作家又是作协领导,自己不够格跟他接近。直至培训会快要结束,我还没有主动和他说过一句话。

但缘分是注定的。就在培训会临近结束的那一个下午,倪主任让我们全体参加培训的老师进行自我介绍。轮到我时,我介绍自己来自著名儿童文学作家、《小猫钓鱼》的作者——金近先生的故乡,是四埠小学的老师。在主席台主持的倪主任听了我的介绍,显得很激动。刚等我讲完,他就兴奋地说:"真没想到,这次培训会上,还来了金近同志故乡学校的领导和老师。除了高兴,我们更希望学校能重视儿童文学,尤其是童话创作,让更多的孩子写出属于他们自己的童话故事。"

倪主任为什么对四埠小学那么情有独钟,寄予厚望?事后,我知道了,原来倪主任跟金近先生有着长达几十年的交往,那深深的友情,非一般人能及。尽管金近先生逝世已近 10 年,但他对金近先生的深情厚谊没有因岁月蹉跎而淡化。这次碰到来自金近故乡学校的校长,倪主任仿佛见到了故友金近,那份欣喜、那份兴奋自然溢于言表。"金近先生是我们浙江文学界的光荣和骄傲,他曾经在浙江省作家协会做过领导,为浙江儿童文学的发展作出过极大的贡献。金近故乡的小学如果能开展儿童文学教学,我们省作家协会儿童文学创作委员会的同志一定会给予大力帮助和支持的。"在总结这次培训活动时,倪主任这样表态。临别时,倪主任还特地找到我,询问我校的一些基本情况,鼓励我要从儿童文学教育入手,办好学校,办出学校知名度,并再次承诺,若在儿童文学指导方面需要帮助,他一定会尽力而为。

我仿佛看到童话树上的小芽露尖了。

倪主任一诺千金,不光多次派赵冰波、夏辇生等著名儿童文学作家前来我校讲学,还不顾自己年岁已高,十余次从杭州坐汽车前来我校,给小朋友讲童话,给老师讲文学课,指导我们要以儿童文学为切入点,办好学校。我和倪主任越走越近,后来我尊称他倪伯伯……

2001 年,倪主任还将浙江省青少年儿童文学夏令营活动安排在我们学校。来自全省各地的 153 个小作家在金近小学吃住七天,白天听作家讲童话,夜晚吟诵童诗和童话。小小的乡村小学,一时间成了童话创作的摇篮。

2011 年,倪主任再一次来到我校,并在我的宿舍里住了 5 天,指导我进一步发挥特长,提升办学品质。那 5 天,我与他朝夕相处,情同父子。

谁知道,这竟是倪伯伯最后一次前来上虞,看我,看学校。2015 年 1 月 23 日,倪伯伯驾鹤西去,收到他女儿倪威的来电,我半天回不过神来,禁不住潸然泪下。

告别倪伯伯,是在杭州某殡仪馆,很多人,很多花。望着先生安详的面容,我在心里说:倪伯伯,在我心里,您是我一辈子的先生!

小鲤鱼文学社

1998年8月18日，浙江省首届儿童文学作家培训会结束后，在杭州开往上虞的汽车上，我和李立军商量起学校儿童文学教学的事。

我们一致认为，学校要组建一个文学社。那么，文学社的名字叫什么？谁做文学社的第一个指导老师？儿童文学中有这么多文体，学校该从哪种入手开展教学活动？学校的老教师多，青年教师也未必喜欢儿童文学，学校该怎样培养教师对儿童文学教学的热情呢？还有，要是儿童文学教学没有搞出成绩，学生的考试成绩下降，家长、社会又会怎样看待我们？仔细一想，问题还真不少。想到最后，我竟产生了打退堂鼓的念头。但再一想，既然上级叫我去做校长，总应该有所追求，有点梦想吧。

于是，就在这辆车上，就在杭州往上虞的这段路上，我和李立军提出了几个设想：一是在全校四年级以上的学生中，选择40个左右的学生，成立一个文学社；二是文学社社员的主要活动是学习写童话故事；三是文学社的指导老师由我自己担任；四是在适当时候，聘请倪树根主任为文学社顾问。我们还为即将诞生的文学社，取好了一个富有童趣的名字——小鲤鱼文学社。

说起这个"小鲤鱼文学社"的社名，还真可以讲个好笑的故事。我俩共同认为：我们学校的文学社社名一定要体现童趣。几乎是同时，我们想到了利用金近同志的童话作品中的主人公名字。经过比较,我们最后选定了《小猫钓鱼》中的小猫和《小鲤鱼跳龙门》中的小鲤鱼。从上述两个童话的知名度来说,《小猫钓鱼》比《小鲤鱼跳龙门》的名气要大。李立军赞成用"小猫文学社"。但我不同意。理由是小猫虽然可爱,也像极了一个知错能改的孩子,体现了孩子的成长特点,但小猫多少有点办事不专心之嫌,离完美有点距离。当然,我也有充分的理由来说明用小鲤鱼命名文学社的优点:一是小鲤鱼是个乐于进取、善于合作、敢于创新、富有爱心的正面形象;二是小鲤鱼身上体现了活泼好动、快乐向上的孩子天性,极具感染力;三是鲤鱼跳龙门是个有着吉祥寓意的民间故事。

就这样,"小鲤鱼文学社"的名称被确定下来。多年以后,"小鲤鱼"成了孩子们心中积极进取的好榜样,也成了金近小学的一个响亮的文化符号。

开 课 了

1998 年 9 月 12 日下午，我们"小鲤鱼文学社"的首次活动正式开始。新的社名，新的集体，新的辅导老师。新生的"小鲤鱼文学社"，像个初生的娃娃，从头到脚都是新的。文学社的 48 个孩子，个个闪动着新奇的目光，满脸写着坐上极地快车般的激动与兴奋。

说实话，对于上写作课，我多少有点基础。我曾经多次上过县乡两级的作文公开课，也得到过县教研员和广大教师的好评。但我也知道，这次我上的写作课与以往不同。以前我上的都是生活作文课，而这次上的是童话写作课。尽管生活作文与童话作文有很多共同之处，但两者还是有区别，有的甚至是比较大的区别。如生活作文重在写实，童话作文则重在想象；生活作文着重表现现实生活，童话作文则重在表现幻想世界。如何激发孩子们的想象，继而引导他们表现想象世界，是我将来写作教学的重要方向。

我的第一堂童话写作课是这样上的。

我说："今天老师在来学校的路上，碰到了一只小兔子。小兔子对我说，老师，你好，我就是住在你学校隔壁的一只小兔子，我们是邻居。我经常听到老师对小朋友说要多做有意义的好事。我也想做好事。如果我能像小鸟一样飞起来，那就能做好事啦。同学们，如果小兔子有对会飞的翅膀，他会去做什么呢？"

我这么一说，孩子们的想象像礼花一样绽放了。有的说小兔子会去彩虹姐姐那里借彩虹,做成漂亮的蝴蝶结,送给爱美的兔子妹妹;有的说小兔子会向天爷爷借星星,把星星挂在村口的桂花树上,替小燕子、小喜鹊照明;有的说小兔子会和小鸟一样参加飞行比赛;等等。我高兴地收获着一箩筐一箩筐的故事,不失时机地引导着孩子们把故事说清楚。

"谁能说得让人更愿意听呢?"我说。

我知道,一个好的故事必定要有吸引人的情节。情节曲折,才能吸引人。而孩子们编出来的故事,基本属于故事梗概。我接着说:"刚才大家都替小兔子动了很多脑筋。小兔子乐于助人,可被小兔子关爱过的兔子妹妹、小燕子、小喜鹊难道一点表示都没有吗?如果有,他们之间会怎么说,怎么做?"

这一问,孩子们编的故事就变得具体生动了。有的说兔子妹妹将彩虹做的蝴蝶结还给了彩虹姐姐,说彩虹姐姐打扮漂亮了,天底下的人看到都会很开心的。有的说小燕子和小喜鹊觉得小老鼠家黑洞洞的,用不起灯,他俩决定将星星送到小老鼠家去。小老鼠爸爸见小燕子他们这样会关心人,从此就决定再也不去地里偷吃庄稼了。

课堂非常热闹,孩子们的发言此起彼伏,十分踊跃。我顺势引导,叫孩子们用手中的笔写一写兔子长了翅膀后会去做些什么。我还对孩子们说,等他们写好后,要举行一个班级故事会。孩子们的写作热情高涨。没过多久,一篇篇童话故事就写成了。粗粗一读,质量还不错,至少像童话。

我的第一堂童话写作指导课就这样结束了。除了学生都有很大进步之外,旁听的李立军等几位青年教师也都觉得收获满满。课后,他们说,没有想到童话课原来可以这样上,童话故事原来是这样指导写的。

　　其实，要说真正的收获者，那应该是我自己。我在反思这节课时，这样写道：让童话故事中的小动物不满足，不时产生新追求、新目标，借助某个特异功能，实现目标，达成愿望。这种童话故事写作方法就叫"梦想成真"法。

第一篇童话的发表

下雪了!

江南的雪不常下,更少见到漫天大雪。

这天是我们"小鲤鱼文学社"的活动日。吃过午饭,48 条"小鲤鱼"早早地"游"到了学校,堆雪人,打雪仗。是的,对于孩子们来说,见到这样大的雪,那种兴奋、那种快乐就像过年一样。"小鲤鱼文学社"的孩子们的想象力异常丰富,他们看着鹅毛般的雪花从天空纷纷扬扬地飘向大地,脑海中产生了许多奇思妙想。不一会儿,他们像雕塑家一样,在校园的各个角落塑造出一个个生动有趣的动物形象。有的像公鸡正在打鸣,有的像忠诚的小狗坚守着大门,有的像一群顽皮的小猴正在树林间做着游戏……听着孩子们发出的阵阵欢乐的叫喊声,我真不想把他们叫进教室上课。

可是我必须把孩子们叫进教室。因为我这位童话指导老师的心中,藏着一个比看雪更大的喜讯,而这个喜讯必须和孩子们一起分享。我从讲义夹中取出一张报纸,高高一扬,大声说:"告诉大家一个好消息,咱们'小鲤鱼文学社'的李静静同学的童话《会飞的小白兔》发表在《少年儿童故事报》上了,而且还是头版头篇呢!"

"真的?"

"啊!"

"太棒了!"

教室里一片喧闹，各种尖叫声、喝彩声，几乎快要把屋顶给掀了。我发现，那个叫李静静的女生的眼睛里已经饱含泪花了。李静静是我校五年级一班的学生。她原本跟随着在上海打工的爸爸，在上海郊外的一所小学读书，去年才转到四埠小学读四年级。她刚转过来时，不习惯这里的教学方法，一度想重新转到上海去读书。后来学校打算建立"小鲤鱼文学社"，爱好写作的她说服了妈妈，留在这里再试试。在童话课上，她是属于思维比较活跃，想象力比较丰富的一类学生。她有较强的口头表达能力，只是文字表达还不够熟练，语言往往显得干瘪。她实在太喜欢上童话课了。她的语文老师说，在平时的课堂上，她的语文水平顶多只能算是中等，作文写得一般，有时她上课还会走神。可是一到上童话课，她就像鱼游到了水里，神奇的想象像鱼泡泡一样，一个接着一个。几乎我提出的每个问题，她都想争着回答。我常常见她小脸发红，小眼圆睁，小手高举，仿佛她本来就是为童话而生的。

李静静同学发表的这篇《会飞的小白兔》就是我第一次在童话课上指导的习作。第一次读，我就感到她的这个童话写得有点与众不同。别的孩子是以我在课堂指导过的那个故事为基调，写的故事相对来说直白了点，不耐看。可她的这个故事，写了小白兔飞起来以后的成长过程：小白兔利用自己会飞的本领，摘来了星星送给一直处于黑暗中的小老鼠。可小老鼠利用小白兔的善心，变着法子，从小白兔手上骗取小星星，然后高价出卖给别人。小白兔知道后，毅然揭穿了小老鼠的诡计，使小老鼠的丑恶行径暴露无遗。整个故事的情节曲折，想象奇特，语言也极富趣味，自然得到了编辑的青睐。现在想来，这个童话被发表也在意料之中。

我趁热打铁，对沉浸在喜悦中的孩子们说："李静静同学的童话被发表,说明我们'小鲤鱼文学社'的水平很不错。只要大家坚持写,人人都能发表童话,个个都能成为童话大王。现在,请大家往窗外看,你们看到彩色的雪花了吗?"后面的这句话显然是我将话题转向了本节童话课。学生一下还没有反应过来,他们看到窗外确实在下雪,可这雪不是彩色的。我笑着引导:"如果老天爷爷真下了这彩色的雪,你想象一下,小动物们又会利用这彩色的雪去做些什么?"

到底是学童话的孩子,经这一提醒,他们恍然大悟。一个月后,有两位小社员的童话发表在湖南省的《小溪流》杂志上。

小青蛙醒来后

有权威人士告诉我,上虞市(现为绍兴市上虞区)教体委认为我的童话写作是小打小闹,没有什么大不了的。况且写作这一块是归文联管的,和教育部门关系不大。这么一说,我明白了那次金近儿童文学院成立仪式上,我们教体委的同志缺席的原因了。

可我纳闷:文学和教育真是互不搭界的两条线吗? 我觉得不是,尤其是对于学校而言。因为我自小就喜欢文学,从喜欢文学进而喜欢上了学习,喜欢上了学校。也因为喜欢上了文学,从而帮助我认识了世界,改变了我的人生态度和做人格局。可是我又得承认,文学和教育确实是两个概念。处在这样的矛盾中,那段时间,我确实很苦恼。教体委教研室里的一个我多年的老朋友,有一天来我校听了我的一堂童话课后,对我说:"你本人的教学,你们学校的这种做法,绝对是符合素质教育方向的。可是,你不能光在第二课堂搞写作活动,光依靠作家来指导你们写文章,这样还是属于零打碎敲的。要真正提高办学品位,你们的童话写作还需要正规起来。"

如何才能正规起来呢?

1999年5月,浙江省作家协会儿童文学创作委员会寄给我一个文件,内容大概是浙江省教育厅和浙江省作家协会要搞一个庆祝中华人民共和国成立50周年的全省中小学征文活动。倪树根主任建议我校集体参加,我当然也很乐意。

怎样亮出我们的实力呢？我绞尽脑汁地思考：我校的征文肯定是要以童话形式出现的，这样不仅有新意，而且能发挥我们"小鲤鱼文学社"学员的写作才能。可是以反映小朋友个人生活为主的童话与中华人民共和国成立50周年这样重大的、严肃的题材很难结合。这时，我想到了金近写过的一篇评论，是评苏联影片《春天的大雁》的。影片中讲到一群过冬的大雁找不到曾经的家园，反映了苏联社会日新月异的变化。我重读了金近同志的这篇评论文章，开始若有所思。

后来，我辅导学生写征文时这样引导：选择一个你喜欢或熟悉的动物，写它经过一段时间的离开，再次回来时，发现身边的一切都变了，变得那么美好，变得那样离奇。

这样一启发，孩子们的思路都打开了。李静静写出了《冬眠的小青蛙》。一只冬眠的小青蛙醒来后，去找自己生活的老家——一个臭水塘，结果发现那里高楼林立；去找自己的老朋友小鸭子，结果发现小鸭子家里花红柳绿。小青蛙在小鸭子的带领下，参观了老家新貌，感受到了老家发生的巨大变化。整个童话故事性强，思想立意高，情节之间有悬念，非常吸引人。几经修改后，我将题目改为《小青蛙醒来后》，觉得这样更具孩童气息，同时也容易引起读者的注意。这次征文，我们学校的"小鲤鱼文学社"共向组委会上送了15篇童话。

9月，征文比赛的结果公布了。我校获得了优秀组织奖，李静静同学写的《小青蛙醒来后》获得了一等奖，由李立军老师辅导的另一个学生胡雷军写的《怎么不来电话了》获得了二等奖。

金近小学的"小鲤鱼文学社"一举成名了。不久，《教育信息报》和《小学生时代》的编辑先后致电上虞市教体委贺喜，还派记者来我校采访。

　　自此以后，教体委开始重视起我们学校了。恰逢素质教育的全面实施，教体委为扶持学校进一步办出特色，多次请前来上虞指导工作的上级教育部门领导、专家来我校参观。仅 1999 年下半年，先后就有教育部艺术教育委员会负责人、浙江省教育厅基础教育处负责人和绍兴市教育局领导等数十人来我校指导工作。此时，作为校长的我一方面将学校的童话教育情况如实汇报，另一方面提出了以童话教育为抓手，实施素质教育的设想。众人拾柴火焰高，更何况这些来校的都是教育行家、名家。他们对于我的思考给予了充分肯定，同时，还提出了将童话创作与学校教育相结合的建议。我兴奋、激动，但还不清楚如何由童话写作发展为童话教育，形成一套童话教育操作模式和理论体系。这对我们一所农村小学来说，是不小的挑战。

　　小青蛙已醒了，但前路依然漫漫。

金近儿童文学院

1999年的夏天,一个绿肥红瘦的季节。

"小鲤鱼文学社"快满周岁了。一年来,学生在全国各家少儿报刊上共发表了50余篇童话,引起了浙江省儿童文学作家们的关注。在倪树根主任的支持下,上虞市少工委决定在适当的时候成立上虞市金近儿童文学院,其总部就设在我们四埠小学。

这年8月,上虞市委决定举办金近先生逝世10周年纪念活动。一直在呼吁组建上虞市金近儿童文学院的市少工委主任张杏云老师,及时将情况向活动组委会作了汇报。组委会觉得这确实是件好事,决定将金近儿童文学院成立仪式放在纪念金近先生逝世10周年的活动中。

8月20日,纪念著名儿童文学家金近先生的活动如期在上虞市政府会堂举行。活动当天下午,所有来宾30余人,乘车前往我们四埠小学,参加在这里举行的上虞市金近儿童文学院成立大会。

小村有幸迎嘉宾。小小的四埠小学沸腾了,校园里更是热闹非凡。尽管是暑假,学校里还是聚满了人,有老师,有学生,有镇里的领导,有村里的干部。为了维持秩序,镇政府还让派出所的同志来校值勤。

团中央《辅导员》杂志原副总编、金近夫人颜学琴同志来了,日本曳马野出版社社长那须田念先生来了,日本大阪外国语大学教授渡边丽玲女士来了,《人民日报》文艺部主任、著名作家袁鹰先生来了,《儿童文学》主编徐德霞女士来了,浙江省作家协会党组书记黄亚洲先生来了,浙江省作家协会儿童文学创作委员会主任倪树根先生来了。还有上虞市领导,上虞各文化单位的领导,上虞各家新闻媒体记者等近百人,将学校最大的一间电教室挤得满满的。

活动由上虞市副市长项家能同志主持。在几位儿童文学界领军人物简短的讲话后,项市长宣布授予四埠小学"上虞市金近儿童文学院"铜牌。我激动地从著名作家黄亚洲先生手中接过金灿灿的铜牌,一时有点眼眶发热。要知道,今天这场活动能请到这么多名家,对我来说是何等自豪。这块铜牌,对于我们学校来说,是何等宝贵。在学校里搞个写作兴趣小组,成立一个"小鲤鱼文学社",这无非是我这个做校长的为激发老师的工作热情,为丰富学生学习生活的应有之举。我原本只是想让孩子们的习作能在报刊上发表,没想到能得到社会和政府的如此重视。我原本只想摘到一朵小花,可有人却送给我整个春天。

捧着铜牌,我想到了许多往事。1989 年的春天,我以前庄完小少先队辅导员的名义给金近同志写了一封信。金近先生在回信中问起家乡的教育,特别提到学校是否培养孩子读童话。当时,学校没有开展此项活动,致使我在信中不好意思直接回答先生。没想到这一年,金近先生因脑溢血不幸逝世。此后,我心里对金近先生一直怀着一份歉疚。

捧着铜牌,我想到了金近儿童文学院成立的坎坷经历。自"小鲤鱼文学社"成立后,倪树根主任等多位作家多次提议以四埠小学为基地,在上虞组建一个金近儿童文学院,由省作家协会儿童文学创作委员会负责具体的筹备工作。我们还通过电话、书信等方式,与居住在北京的金近夫人颜学琴同志联系。尽管颜老师一再表示"不要太张扬，金近同志生前很低调"，但我还是不甘心。我天性就像一个皮球，你拍得越重，我反弹得越高。一年来，我拼命朝着自己追求的目标努力。我和老师们一起潜心研究童话教学，争取在童话教学中早出成果。另一方面，我们还不断扩大学校规模，撤并了下属 4 所村完小，使四埠小学的师生数由不到 300 名增加到 1250 名。这样就聚集了整个四埠的师资资源，有利于规范地开展正常教育，当然也有利于发掘开展童话教学的优秀老师。一年间，除了学生的童话作品多次发表之外，更为可喜的是青年教师李立军、沈立江已开始在各家儿童杂志上发表童话作品。他们还主动向我提出各带一个童话写作兴趣小组的要求。

当倪树根主任和上虞市少工委的张杏云主任将学校的这些情况向颜老师再次汇报后，老人家终于改变了态度，同意以我校为基地，成立上虞市金近儿童文学院。老人家还提议，张杏云主任担任文学院院长，我担任常务副院长。对于我来说，能够将文学院建在我校，我就跟金近先生笔下的鲤鱼跳过龙门一样兴奋不已。

捧着铜牌，我想到了"小鲤鱼文学社"成立的一年中，省作家协会儿童文学创作委员会的同志给予了我们极大的帮助。我们文学社的成员能够在这么短的时间里，接二连三地在省级儿童报刊上发表作品，除了自身的努力，也跟这些作家们的指导推荐有关。

想想这一年来，对学生的童话写作，我可谓是呕心沥血，废寝忘食。可是教育教学呢，我做得如何？我忽然注意到，今天参加文学院成立仪式的各级来宾中，唯独少了教体委的领导。这是不是给我一个信号：我搞童话游离于教育，教育也排斥我的童话。

我想到童话是文学的一部分，文学是小学教育的重要组成部分，这两者本是相互促进,互为提升的。我这个做校长的,有没有可能将儿童文学与教育联系起来。这样我为儿童文学做的事,就是为教育做的事;为教育做的事,也等于是为儿童文学做的事。两者兼顾,和谐统一。推而广之,作家们为我校儿童文学做的事,也等于是为我校教育做的事。到那时,文学和教育相得益彰。这是一件多么有意义的事啊。可是这样做的依据是什么? 载体又在哪里?

鱼游到纸上了

　　金近儿童文学院的成立，无疑给我们的童话写作注入了"兴奋剂"。这一年，我和李立军、李丽萍老师为主辅导的"小鲤鱼文学社"，先后有近40位学生在省级报刊上发表了50余篇童话。为了鼓舞士气，同时也为了总结一年来我们的童话教学成果，我们决定结集出版一本童话集，书名就叫《小鲤鱼》。

　　虽说是自己学校编的学生作品集，但我们非常重视。一是因为这是第一次出学生作品集，得失成败影响今后的童话写作；二是因为集子在某种意义上也代表着我们学校的童话写作水准，如果档次不高，岂不影响学校形象。因此，我们花了相当长的时间，对在报刊上发表过的童话重新进行整理。然后，我们考虑请谁给这本具有里程碑意义的集子写个序。当时，我想到了两个人，一个是金近先生的夫人，另一个是引领我们走进童话世界的倪树根先生。最终，我们还是选择了倪树根主任。杭州培训以后，倪树根主任对我们学校情有独钟，不但多次来校指导我们开展童话教学，而且还几次组织知名作家来校做讲座。同时，为鼓励我进一步开展童话教学，他不断对我提出新的希望和要求。他称我和他是忘年之交，我则亲切地喊他倪伯伯。这以后，每次我去杭州，不管是私事还是公事，我都会抽出时间去他家，看望他和他的夫人钱老师，讨教童话写作的问题。童话还真像彩虹桥，在我和倪伯伯之间搭起了这么一座友谊之桥。

当我提出请他为我们即将印刷的小集子写序的想法后，倪主任欣然答应。这么一个著名作家，居然能为我们这样一所小学的学生作品集写序，真让我们感动不已。那时我们学校在外一点知名度都没有，不但没有什么省级示范校、优秀校的荣誉，就连上虞市沥东镇优秀校、先进校的荣誉都没有。而且，我们连一分钱润笔费都付不出。可倪树根主任不在乎，洋洋洒洒地为我们即将诞生的《小鲤鱼》写了一篇很长的序言。

钱，倪伯伯不在乎，可印刷厂在乎。没有钱，集子就不给印。这下，我们犯难了。我们问了上虞的大小印刷厂，答复说，如果印量在 500 本，每本少说也要 10 元钱，那么印刷费就要 5000 元。这么大的一个数目，绝不是我们一所小小的完小能够承担的。我们一方面到处托人打听哪里有印刷费更便宜的印刷厂，另一方面就是想办法筹钱。

筹钱，在有些校长看来是小菜一碟，但对我来说难于上青天。如果说读书写作是我的兴趣特长，那么筹钱则是我先天的不足。20 世纪 90 年代，很多学校的校长面对办学经费的严重不足，在深知政府无法解决的前提下，纷纷走出校门，向社会能人"化缘"。许多社会能人也心甘情愿拿出钱来，用于改善学校的教育设施和教师福利待遇。他们这种慷慨助学的义举，一度被传为佳话。有的学校还将他们集资建校的事迹镌刻碑牌，让他们的功绩世代流传。

为了出集子，我也决定去"闯钱途"。我还为此进行了周密细致的准备，考虑到每一个环节：我去"化缘"的对象是我高中时的好友，有人缘基础；他在上海做建筑生意已有好些年了，有经济基础；同时，我还叫上了学校的一位老师，因为那位老师是我同学的启蒙老师，有感情基础。

我们风尘仆仆地赶到上海。尽管我们事先联系过我那老板同学，但他还是外出办事去了。他的副手接待了我们，不冷不热。我和同去的老师在他们的办公室里整整坐了一个下午。同学的副手问我们因何而来。我被问得满脸发烫，烫得都可以煮鸡蛋，把事先编好的一整部剧本忘得一干二净。

终于干等到傍晚，老板同学回来了，请我们吃饭。他席间问我的来意。我支吾了半天，发现舌头根本不听我的指挥，说得语无伦次。在同去的老师的解释之下，才将来意说个明白。沉吟片刻，我那老板同学仰天一声长叹，说了自己的一番苦衷："我是树大招风，钱没挣到多少，今天镇长来，明天村长来，简直把我折腾死了。"我一下就同情他了，觉得他做人也挺难的。我反而安慰他说："我们是同学，我理解你，我们的事你大可不必放在心上。"老板同学也很感谢我的理解，说到底是同学，以后等他发了，他一定出资支持我开展工作。就这样，我平生唯一一次筹钱计划失败了。事隔十年，听说我那老板同学的生意是如日中天，但他"以后如何如何"的许诺永远还在"以后"。

尽管筹钱失败，但这书我是一定要出的。"钱没有，我自己先垫着。"最后我这样决定了。我特别感谢我爱人对我的理解和支持。我此言一出，她二话也没说就答应了。

就这样，《小鲤鱼》童话集终于印出来了。它像一扇窗，让更多的人看见了我们这所乡村学校的孩子们笔下的风景。它又像早晨清亮的号角声，唤醒了我们这所乡村小学的孩子们的文学梦想。

这笔钱，一直垫着，其实从说"垫"的那一天开始，我就没有想过要收回来。

"小鲤鱼"终于游到纸上了！我想告诉全世界！

更名

学校更名了

1998 年,我想把四埠小学更名为金近小学,几乎想成了病。

我试过几次,开门见山找领导谈,拐弯抹角对领导说,但都是竹篮打水,空的。

1999 年 11 月 9 日,倪树根主任打电话给我,说是中国作家协会书记处高洪波书记明天来我校参观。"啊,高洪波,高洪波!"我激动得只会说这三个字了。幸好倪主任在电话中提醒我要好好准备,抓住这个机会,争取把学校更名之事提出来。

尽管已过了小雪,但那天早上依然温暖如春。

第二天上午九点左右,我们沥东镇镇长吴伟森先生第一个来到学校。吴镇长很忙,是学校的稀客。

九点半,高书记乘坐的小车驶进了学校。来宾中,除了高书记,还有浙江省文学院院长盛志潮同志、上虞市委副书记卢一勤同志和浙江省作家协会儿童文学创作委员会的倪树根同志。另外陪同的还有我镇分管教育的副镇长、上虞市委办公室主任等。

我引导高书记一行人参观了校园。校园很小,没什么可看的,除了一幢丁字形的教学楼,便是一块煤渣铺成的运动场。教学楼前面种着一排不蓬勃的小杉树。树上的叶子几乎掉光了,残剩的几片,也在枝头冷得瑟瑟发抖。为了让客人们留下点记忆,我把他们带到自己认为还可看看的少先队活动室。

与校园中的其他建筑相比，少先队活动室的色彩鲜亮了许多。活动室四周的墙壁上挂着几块介绍金近先生的展板。高洪波书记饶有兴趣地走到展板前。这容易理解，作家自然关心同行，更何况金近先生是一位著名作家，据说还是高书记曾经的领导。今天高书记答应来这里看看，就是因为这里是金近先生的故乡。高书记一边看，一边向陪同者讲述金近先生的生前故事，比如金近先生当年是如何指导他们创作的，大大地丰富了聊天内容。

这时，我的心乱得像一团麻，紧张得像偷了人家东西似的。要知道，今天将高书记请到学校，除了让高书记对我校的童话教学有所了解外，更重要的是想让镇政府领导同意学校更名。

自从金近儿童文学院成立以后，我萌生了将学校更名为金近小学的念头。一是为了让一代一代的孩子记住家乡的作家金近；二是为了充分开发利用金近的名人资源，进一步办好学校。可镇政府领导就是不同意，认为四埠是一个乡的名称，在上虞有广泛的知名度，更名后反而让人不知道这所学校是哪里的。但我这个人就是这个德行，凡是认准了的事，不达目的就不罢休。从此以后，我对更名一事耿耿于怀。有一次我把这事跟倪树根先生说了，倪先生也记在心里了。他安慰我说："你这绝不是认死理，而是为了学校的发展。我和你一起努力！"

我感动得几乎流下泪来。

"下周，高洪波书记将来浙江衢州参加一个作家的作品研讨会，我想说服他去你们学校一趟，请他把学校更名之事在镇政府领导面前提一提。"一周前，倪先生在电话里和我说。我觉得自己幸福得要晕过去了。

这就是高书记来我们学校的原因。

这会儿,高书记的戏开场了。他向陪同的镇政府领导们历数浙江文学界的知名作家,讲到鲁迅时,他特别强调了鲁迅中学、鲁迅小学。他说:"用名人命名学校的方式很好。既传承了文化,又让学生们学有榜样。"

高洪波真是高洪波,他一出口,洪波涌起,气势不凡。已经说到这个份上了,我得借机行事了。我壮着胆子,当着这么多领导的面,将早已准备好的关于将四埠小学更名为金近小学的设想,像背台词一样背了出来。

室内一片安静。我的心提到了嗓子眼儿。

"啪啪啪",高书记竟鼓起掌来。这一来,在场的人也跟着鼓掌。

高书记对市委卢副书记说:"这是件好事。我看金近不但属于沥东镇,也属于上虞,卢书记能否在全市范围内找一所合适的小学,将那小学更名为金近小学?"

还没等卢书记开口,吴镇长掷地有声地说:"高书记,何校长已向我们报告了,我们镇党委也进行过论证,决定将四埠小学更名为金近小学。"

"这样就好!"高书记握住了镇长的手,"四埠小学更名为金近小学,更有意义。"

我一瞥,就看到倪主任满眼都是欣喜,我的心终于定下来了。

这年年底,四埠小学正式更名为金近小学。

种　我

　　有段时间我老是做梦,老做相同的梦。梦里,我们学校分来了一大批新老师,而且全都是童话写作爱好者。我和老师们写了一部童话连续剧,发表后,受到各界好评。后来,来了一家美术电影制片厂,说是要来学校拍片。结果,片是拍了,可收视率低得很,没多少人要看。一问,才知道是我们的剧本编得不好。怎么办,我们想请人来做代言。请谁呢,就请阮珠美老师……

　　醒来后,我为自己这荒唐的梦而苦笑。

　　不过,尽管梦很离谱,但也是日有所思,夜有所梦。我承认,这些天我确实想过和梦境有点相同的事,也想到过梦中人。

　　阮珠美是我们上虞市小学语文教研员。我与她早就相识,那还是我在前庄完小做代课教师的时候,现在算来有二十多年了。那时,我是崧厦学区的语文大组长,阮珠美是县城百官学区的语文大组长。因学科相同、职责相当,我们经常在一起开会、培训,或外出搞教研活动。而后,阮珠美老师一跃成为小学语文教研员,成了我市小学语文教师的掌门人。

　　我刚做上校长的时候,她还专门来校祝贺我。后来,我在省作家协会儿童文学创作委员会的帮助指导下,开始带学生学写童话。她曾提醒我,要走"正路子"。我明白她的意思,要利用童话这一教育资源,和学科教学结合,不要剑走偏锋。有一次,在我的办公室,她直言："作为校长,借用一切资源为教育所用,没错。但必须清楚,这只是借用,绝不是全部目标。同样,过于依赖外力,特别是依赖作协等外部系统,可能会使教学重心偏离。不专业,不系统,更不成体系。"

我觉得她说得在理,这么几年下来,我确实觉得有点力不从心了。我清楚地知道,我们学校近 60 位教师中,真正能进行童话教学的不足十分之一。也不是老师们不想参与童话教学,而是心有余而力不足。我们学校的老师,大部分只是小学毕业,他们真正能适应的也只是"扫盲"式教学。为解决师资问题,我多次向上级申请分派新教师,改善教师结构。但僧多粥少,教育局只能先保证乡镇中心小学的师资,在有余力的情况下,再来扶植村完小。

我只好无奈地接受现实。

这一天早上,我办公室的电话响起。

"何校长,我是阮珠美,请问你今天有没有空?"

阮老师五十多岁了,但声线还任性地停留在花样年华里。

"有什么事吗?"

"我听说新任局长今天就在你们镇上搞调研,我们一起去找他,看看能否解决你们学校的升格问题。"

我感动得忘了说谢谢,只是连声说:"空的! 空的!"

我和阮老师来到了镇上,找到了正在办公室写东西的局长。听完我的汇报后,新局长十分赏识。

"一所村完小有这样的办学理想,我们应该支持的。"

感性的人往往不好太激动,否则容易闹笑话。局长的话,让我一下子兴奋起来,我竟重复着局长的话:"我们应该支持!"

话一出口,我才知道自己失言了。新局长满脸疑惑,阮老师惊讶地张大嘴巴,我后悔至极。

"何校长可能又想到一个新童话。"幸好,阮老师反应机敏,把我要讲的话讲了一遍。新局长听了,轻轻地点着头。阮老师的机敏令我佩服。

"学校可以考虑升格,不过,何校长你会在金近小学待几年呢?"毕竟是局长,他可能想得更加长远,更加现实。

其实新局长的这个问题,我也不知问过自己多少遍,也回答过无数次。我像背台词似的,脱口而出:"我是金近小学的一棵树,只要别人不迁移,我会一直长在那里。"

新局长也是个爽快之人,他一把握住我的手:"好的,你做树,我们来做园丁。"

两个月后,上虞市教体局发文,金近小学升格为镇级小学。下半年,学校一下分进了6位刚从师范毕业的新教师。

"新生"的金近小学,充满了童话般的浪漫和诗意。

2003年,浙江省教研室将浙江省第三届作文教学研讨会放在我校举行。

为探索和总结在新课标形势下的小学作文教学,浙江省教育厅教研室于2001年承担了国家级作文教学重点研究课题,在全省范围内选择了18所小学,作为该课题的子课题学校。鉴于童话体作文教学的独特性,省教研室将我们列入其中。

2001年至2003年,是研究子课题的三年,也是我们学校童话教学提升和发展最快的三年。这三年间,我以课题组成员兼省作文教学协作组理事的身份,参加了省市重点学校组织的一些作文教学活动。一次次参观考察,一番番会上交流,大大开阔了我的教学眼界,更提升了童话教育的立意和品位。

这一次,省教研室将为期三年的课题研究中的最后一次全省性作文教学研讨会放在我校举行,这个荣誉不亚于鲤鱼跳龙门。

定下的活动时间是 9 月 17 日。才 4 月份,我就找领导汇报了我的想法:一是活动最好和城区一所学校共同承办,一天时间在我校活动,结束后,用车子将专家和来宾接到上虞市区,然后在市区安排食宿,这样就避免了我校无法安排会议人员食宿的尴尬。二是在我校一天的活动中,将小鲤鱼剧场作为报告厅,这样解决了会场问题。至于多媒体设备和学生上公开课用的升降桌椅,申请由教体局出面解决。三是业务方面,我们要将整个研讨活动搞得有创意,有内涵,有特色。我拟用三种方式展示:一是静态展示,以展板展示我们学校从 1996 年至今的童话教育历程,内容包括"听的童话""讲的童话""写的童话""画的童话"等童话体作文教学模式;二是动态展示,在上课前,我们组织安排一场大型的"乘着童话的翅膀"演出,将我校一年一届的童话节中所涌现出来的优秀童话剧、童话舞、童话歌曲组合起来,让学生现场表演;三是课堂展示,直接体现我们学校的童话写作水平,这堂童话体想象作文公开课由我自己来操刀。

好事总多磨。8 月 30 日,我正和学校里的几位领导商量即将举行的大会事宜,突然肚子痛得就像刀子在绞。

会议结束后,我在李立军副校长的陪同下,径直去往医院。医生检查后说是我胃不好,于是给我挂起盐水。可是挂到近半夜,腹痛依然不止,且愈来愈痛。直到第二天的傍晚,经医生再次检查后,确诊为阑尾炎,需要立即手术。可是我能在这个时候动手术吗?尽管阑尾炎是小手术,但医生说至少要休息一个星期。这一个星期对于我来说,是休息不起的。我还有多少事没有做好?自己的公开课不说,与省教研室、市教体局、镇政府等各方面的沟通,学校里的各项准备等都需要去完成。医生说,你不做手术,不但不可以出院工作,甚至有生命危险。虽然我依恋事业,但我更关心生命。根据医生的安排,我当晚做了手术。

术后第4天,我到学校上班了。返校后,我立即对学校各方面的准备工作逐一进行落实。这时我才发现自己忘了一件事,那就是向参会人员赠送纪念礼品。令我感动的是,我镇分管教育的李晓娟副镇长知道此事后,二话不说,为我在崧厦的制伞企业中安排好了200份礼品伞,免费送到我校,帮我解了难题。此后到活动正式开始前,我天天待在学校里,忙得不可开交,既要考虑整个会务,又要设计、试教、修改自己在活动中的一堂公开课。9月初,正是酷暑难耐之时,我天天忙得满头大汗,以至于一个小小的阑尾炎手术,其伤口用了整整两个月才愈合。

9月17日,浙江省第三届作文教学研讨会如期在我校举行。全省各作文教学协作学校的领导和教师近200人参加了活动。

童话教育静态展示、动态展示、课堂展示,一切按照我们的安排,顺利进行。领导和来宾们完全没有想到,这么一所偏僻的农村小学能将作文课上到这样的水准,大为意外的同时,更是赞不绝口。

会务安排成功,整个展示成功,公开课上得成功,省教研员在现场如此评价。在一片掌声中,刚刚从讲台上下来的我,擦去了满头的虚汗。

金近纪念馆

自四埠小学更名为金近小学以来,我一直想着有一天在学校建起一座像样的金近纪念馆,让一届届的金近小学学子通过这样的场馆,进一步认识金近,同时,让金近小学的童话教育更有归属感、自豪感。但我也知道,我的想法在当时教育经费并不宽裕的情况下,还是过于"童话"了一点。

2007年5月20日,我们崧厦镇的新党委书记金山中同志,在分管教育的副镇长李晓娟的陪同下,来校考察。在谈到我们学校多年来坚持利用金近资源,开展素质教育的情况时,金书记突然插话:"有没有金近先生的纪念馆?"我可算盼来了这个机会,一口气将修建纪念馆的重要性、必要性和盘托出。金书记是个文化人,以前曾担任过乡镇文化站站长,听完我的汇报后,当即表示可以考虑,并指示我向上虞市教育体育局作汇报,争取共同出资,在学校建立金近纪念馆。

从金近儿童文学院,到金近小学,我仿佛正在一点一点地偿还昔日金近先生对我的错爱。

第二天一大早,我径直去找市教育体育局局长。局长是个直爽之人,听完我的汇报后,很爽快地说:"镇政府这么支持,教体局作为学校业务主管部门,自然应该支持学校搞文化建设。"于是当即批复,同意学校建立金近纪念馆,经费由镇政府和教体局共同承担。

我相信童话!

　　2007年6月,我们请上虞设计院为拟建的金近纪念馆选址,最后确定学校的原梦幻园一栋二层楼房作为馆舍用房,根据需要,新建门厅一个。很快,我们将方案报告上级,落实了所需资金。

　　2007年9月,金近纪念馆建造方案由上虞设计院设计完成。10月,在完成有关招投标手续后,正式开始建造。12月,纪念馆的外观完工。在此期间,我们还联系上曾经为金近小学题写校名的中国作家协会高洪波副主席,请他为即将诞生的金近纪念馆题写馆名。12月中旬,我和副校长李立军、办公室主任邵瑞赴京,在颜学琴老师和《儿童文学》杂志主编徐德霞老师的共同安排下,我们邀请了金近先生生前好友、著名作家袁鹰等文化人士,商讨纪念馆的内部布置。会议开得很成功,当场就有谷斯涌等老作家表示,愿向金近纪念馆捐赠金近生前书稿、相关照片等。中国作家协会高洪波副主席也很关心此事,尽管他因工作没能到场参加纪念馆筹备会,但第二天一大早,他在办公室约见了我们几位。在听取了我们关于金近纪念馆建设的一些想法后,他还叮嘱我们要把这件有意义的事办好,并将自己新写的几本儿童文学作品赠送给即将诞生的纪念馆。特别要感谢颜学琴老师,她将自己多年珍藏的有关金近先生的手稿、照片以及先生当年的作品、获奖的纪念品、友人赠品等毫无保留地送给了正在筹建中的纪念馆。

　　2007年寒假,带着儿童文学界前辈的期望,怀着对金近同志的深切怀念,也为了能更好地体现我们的教育意图,我们校长室几位同志整天泡在纪念馆里,划分板块、撰写文字、选定照片、放置物品。一开学,我们向上级有关部门汇报后,将纪念馆落成仪式定在了2008年5月16日。

　　5月16日上午,金近纪念馆落成仪式暨金近创作思想研讨会在我校如期举行。

这一天，风和日丽，鲜花盛开。金近小学迎来了一大批前来参加活动的贵宾，他们中有国务院妇女儿童工作委员会原主任、中国关心下一代工作委员会副秘书长李启明先生，中国作家协会儿童文学委员会副主任张之路先生，中国教育报刊总社常务副社长刘堂江先生，北京作家协会儿童文学创作委员会主任金波先生，中国《儿童文学》杂志主编徐德霞女士，浙江省作家协会名誉主席黄亚洲先生，浙江省作家协会儿童文学创作委员会主任倪树根先生，上海作家协会的孙毅先生等。上虞市委副书记章烽，上虞市副市长方静，上虞市教育体育局局长宣霞金，上虞市崧厦镇党委书记金山中等参加了庆典仪式。金近先生家属代表——金近夫人颜学琴首先讲话，她十分动情地向一直怀念和热爱着金近的各界人士表示感谢，同时希望金近小学能用好纪念馆，培养出更多对社会有用的人才。之后中国作家协会儿童文学委员会副主任张之路先生代表未能到场的中国作家协会高洪波副主席宣读了贺信。

在地方领导代表讲话中，上虞市副市长方静说："金近先生为我国儿童文学事业鞠躬尽瘁，五十年如一日辛勤耕耘，默默奉献。他热爱祖国的下一代，曾多次呼吁全社会关心和重视少年儿童事业。他满怀热情地对待新人、新作，培养和扶植了一大批热爱儿童文学创作的青年作家，培育了一支儿童文学创作骨干队伍，为我国儿童文学付出了毕生的心血和精力。"

崧厦镇党委书记金山中在讲话中表示，崧厦是一个名人辈出的地方，金近纪念馆作为我镇首个名人纪念馆，其意义不仅在于让更多的人纪念金近、了解金近，还在于在条件许可的情况下，与我镇组建的其他名人纪念馆共同形成崧厦名人文化链，感召更多的崧厦人传承乡贤精神,争做新一代乡贤。

　　落成仪式结束后,与会人员在金近小学清水塘三楼会议室参加了金近创作思想研讨会。金波、徐德霞、谷斯涌、孙毅、倪树根、黄亚洲等著名儿童文学作家从不同的角度阐述了金近的儿童文学观,同时对金近小学多年来坚持用童话传承金近思想、缅怀金近先生的做法给予了高度的评价。

一 包 香 烟

一放学,我和立军商量,我们做一个童话园。

前些天,我们去了一个植物园。那里的工作人员将绿色植物修剪出一个个动物的形状,有孔雀、猴子、大象等,很可爱,很有趣。我说,这些放在这里只是可爱,只是有趣。要是放在我们金近小学,不只是可爱,只是有趣,还有意义!

可惜我们学校没有。但我想有。

我有一个特点,凡是认准了的事,不达目的不罢休。

那天回来的路上,我就对立军说,一定要在学校的草地上,开辟一个童话园,就用绿色植物来塑造金近先生童话里的动物形象。立军还补充,每个形象可以附上一个说明。我觉得这个主意好。我可以写一段话,介绍这个形象的同时,介绍一下这本书,把书香校园活动也结合进去。

说到这里,我们越说越激动。这一来,我们把童话、阅读、绿化等都结合起来了,这恐怕是全中国唯一一所有这样一个花园的小学了。

"何老师,想法是美好的,可这个修剪很难的。就拿《小猫钓鱼》中的小猫来说,要让人一看这是顽皮的小猫,你说没有专门的花匠,能剪得像吗?"立军提醒我。

回到学校,我一问负责花草养护的李师傅,他说听都没听过。

今天是我们第 N 次讨论了,立军建议去找电焊师傅,让他给我们做个小猫的造型，然后用藤条去绕。

"这个主意挺好的。"我有点兴奋，"你先画个小猫的简图，今天放晚学后，我和你一起去他家。"

"两位校长，什么事让你们那样高兴?"黄总走了进来，带着一股浓浓的烟味。

黄总叫黄华明，他原先不是金近小学的。2000 年的时候，他所在的舜江乡为水库建造让地，从虞南搬迁到我们崧厦镇，而他被安排到我校工作。黄老师之前在学校担任过教务主任，人缘很好，到了我们学校，依然如此。对谁都好，对学生好，对同事好，对领导好。这样的好人，当然要重用。总务处老主任还没退，就强烈推荐黄老师接替他。等他一到龄，我们就正式宣布"黄华明老师担任金近小学总务主任"，简称黄总。

黄总五十岁，长得精瘦，一米六八的身高，体重不到一百斤。他说自己的"魔鬼身材"是抽烟换来的。他爱人多次让我要想想办法，戒了他的烟。总务处办公室的几位小后生，也悄悄地跟我说过好几回，他们真怕黄总抽烟，能不能让黄总单独一间，以免影响他人。

表明一下我的态度吧。我绝对尊重他本人的意愿。好比我喜欢唱歌，你说你不爱唱歌的人，一定要禁止我唱吗? 不人道吧。至于戒，虽说能戒得了，但戒有什么意义呢? 人生苦短，有点小爱好岂非幸甚至哉。哪怕稍稍伤及身体，也无妨!

我挺他。他和我走得近，加上又是总务主任，几乎每天有事没事都会到我办公室转转。每次他来，我是未见其人，先闻其香。香烟真香!

"黄总，你把发票先放在我这里。一会儿我签好送过去。"我有个习惯，商量工作时，最怕被打断。黄总见我有点不欢迎他，尴尬地笑笑说:"好的，那发票就放在这里。"他把文件夹放在我的桌子上。

我忽然觉得自己有点过分,赶快从桌子上拿起一包烟,笑着说:"黄总,昨天晚上我去吃喜酒,这是宴席上发的烟,给你。"我轻轻地扔了过去。

黄总接住了,欣喜地说:"啊,是红中华啊,还是软壳的。"

黄总兴高采烈地离开了办公室。其实,他不离开也没事了,一直到静校音乐响起,我们也没有商量出个头绪来。

第二天,我一走进校门,黄总迎了上来,笑着说:"校长,你跟我来。"

什么事,这么神秘兮兮的。想叫我学抽烟啊。我跟着他来到了金近纪念馆门口的草地上。

啊,小猫。不是真的小猫,不,是真的小猫,是一只用绿色植物编织的小猫。我眨巴几下眼睛,这回看仔细了。这只小猫大约一米高,五十厘米宽,是由冬青、水腊缠绕编织而成的,作跑步状,看起来活泼顽皮、淘气可爱。这不就是我要的小猫嘛!而且比我想象中的还要好。

"校长,这个好不好?"黄总的神情,有点像答完了试卷,等待着老师批改的小学生。

我兴奋地说:"好!好!"

"如果你认为好的话,其他九个我也就这么做。"黄总说话,说得像他抽烟一样从容。

"怎么?这个是你做的?"

"是的!"

我不敢相信地说:"你居然会做这个?"

"以前我在老家那所学校,那里的绿化全是我一个人弄的。有时,我会把有些植物修剪成各种形状,孩子们挺喜欢的。"黄总乐哈哈地一笑,他一笑,香烟味弥漫开来,"当然,修剪成这样的动物形状,还

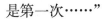

是第一次……"

正说着，门卫李师傅健步走了过来，说："校长，昨天晚上，你们回家后，黄总就开始修剪了。因为路灯不够亮，他还让我用手电照着。一只小猫，用了三个多小时修剪成的，有点难弄的。黄总走的时候，都十点半了。"

这下我才注意到黄总的眼睛微微有点红，我知道他有早睡的习惯，感动地说："黄总，我怎么感谢你呢？"

"你早就谢过了。"黄总嘿嘿地笑了。

"谢过？"

"香烟，婚宴上的香烟。"

我扑哧一笑："你的劳动也太廉价了，才一包香烟。"

"哪里，很高级了。一个校长去参加别人的喜宴，还记得把别人给的香烟藏下来送给一个老师，这个奖励太高级了！"黄总笑着说。

才一个星期，黄总就修剪出了"小鲤鱼""大公鸡""花狐狸"等十个动物的形状。当然，小鲤鱼是刚刚跳出水面的小鲤鱼，大公鸡是正在奋力叫早的大公鸡，而花狐狸，一看就是从人家那儿偷了青葡萄的狐狸。

我看看这个，摸摸那个，激动地说："黄总，如果你去应聘园艺师，准会成功的。"

"那不去的！"

"为什么？"

"那里没人会记着我这个烟鬼。"

"哈哈哈……"

我们都笑了。

你不是校长

我常常被人怀疑不是校长。

那一年,学校承办"全国第三届新体系作文青年教师教学评比观摩活动"。主办方代表——《小学语文教师》执行主编杨文华先生提前一天来到我校。杨主编踏看了场地,了解了一些准备情况后,我开车送他去商定的酒店休息。

我们来到了酒店,这是镇上刚刚开业的一家大酒店。据说按五星级的规格建设,按三星级的标准收费。杨主编一看,连连夸赞这个酒店好,大气又雅致,豪华不奢侈。

酒店前台,一位穿戴得体的小姐走近问:"您好,请问先生需要办理什么?"

"您好!"我说,"我是金近小学的,我们的会议住宿安排在贵酒店吧?"

小姐笑着回答:"是的。请问您是参加活动的吗?"

我指着杨主编说:"这位先生从今天起住到会议结束,共 3 天。麻烦您办理一下。"

"好的。"她从杨主编手里接过了身份证,没到一分钟,就完成了证件扫码、人脸识别等程序。她看了我们一眼,说:"杨先生您好,您从今天起到活动结束一共住 3 天,连押金在内,先预付 2000 元。"

"要预付?"

"是的,先生。"她坚定地点了下头。

"这是会议专家,专家的房费由我们学校到时结算。"我提醒道。

"可以,但要校长签字。"她看着我们。

"对对,是要签字的。"我表扬道,"你们做得好,要不谁都可以冒充专家了。"

她点了下头:"谢谢理解!"

"你把单子给我,我来签字。"我对她说。

"先生您不能签的。"她摇了摇头。

"为什么?"

"你不是校长!"她有点不好意思地说。

"咦,他怎么不是校长?就是金近小学的校长呀!"杨主编说。

她上下左右地打量我。被她的眼睛这么一扫,我感觉自己像个骗子,脸也阵阵发热。看了半天,她一本正经地说:"不是的,金近小学的校长姓邵,是个小伙子,瘦高个。"

"那是副校长邵瑞!"杨主编在一旁解释着。她有点被搞晕了,望着我们,不知所措地用手中的笔轻轻敲着桌子,但依然没有给我们办入住手续的意思。

我忽然"扑哧"一声笑出来:"没错没错,是邵校长。好的,我让他给你通个电话。"

我拨通了邵瑞副校长的电话,把电话递给她。挂了电话,她红着脸说:"何校长,真不好意思,我一直以为邵校长是金近小学的正校长。"

"你没错,没错。正校长副校长,都是校长。"我连声说。

我们都笑了。

再说一件事,这件事更好玩。

　　那是 2016 年,我们学校建造"小鲤鱼剧场",房子盖到一半,我们决定要对场里的坡度进行调整。上级主管部门也同意我们的意见,我们通知施工方作方案变更。

　　这一天,我正在办公室里备课。

　　"咚咚咚",有人轻轻地敲门。

　　"进来吧!"我说。

　　原来是工程承包方的张经理。

　　我问张经理有什么事。他说,关于剧场坡度变更的方案已经调整好了,需要校长签个字,这样就可以送去审批了。我说,好的。我问张经理方案带了没,他把方案递给了我。

　　我仔细看了一遍,确认无疑。我从笔筒里取出一支水笔,找到了校长意见一栏,正要落笔,张经理突然冲了过来,抢走了方案。

　　我被搞他搞懵了:"怎么啦?"

　　"何校长,这个你不能签的。"张经理涨红了脸说,"这是让一把手校长签的,你是搞教学业务的。"

　　我哈哈大笑:"好的好的,让邵校长来签。他上午开会去了,下午在的。"

　　我忽然有点想笑。他来我们学校带队建楼,也两个多月了。我们也经常在校园里见面。有时候,我还让邵瑞陪着我去看看工程展进展情况,也多次和他说过话。但说实话,签合同、查进度、搞图审、付工程款等一直是邵瑞负责的,所以他误以为我是分管业务的副校长,而副校长邵瑞才是真正的一把手校长。

　　那天放晚学,张经理又来到我办公室,红着脸说:"何校长,真不好意思,我把您和邵校长的职务弄反了。我在你们教育系统搞建筑工程也十多年了,大大小小的校长也接触过三四十个,从来没有见过一所小学里，一把手校长这么放权。您的气度真大，在您手下当副手，幸福！"

我笑着说："这不是我的气度大，是我不懂又不想学，让分管的校长去管吧。我呢，这边偷偷懒，就有时间去管我擅长的事了。"

我们都笑了。

就说这两件事吧，中心思想是我不适合当一把手校长。

带班

我 被 告 了

　　那一天,我接到一个老领导的电话。这位老领导喜欢法律,一退休就跑到法院当人民陪审员去了。老领导在电话中对我说,有人在告金近小学不付材料款。我说没这事啊。老领导说:"状子都在我这儿,应该不会错。要不,来一趟?"

　　我带着邵瑞副校长一起去了,因为工程这块是他分管的。到了那里,看了状子,邵瑞先弄明白了是怎么回事,后来我也清楚了,这真是个故事。

　　去年,我们学校新建了一幢教学楼。考虑到秋季开学要用,邵副校长一日三催承包方。那段时间,据说整个上虞地区有好多工程在建,混凝土供应紧张。一紧张,就出现了奇货可居的现象。之前,承包方购买混凝土都是签单的,一般等到供货方给了款项,再去结清。但现在得一手交款,一手交货。

　　我们催承包方加快进度,承包方催我们提前付款。我们说必须按规定付款,活都没做好,自然不能验收,不能验收,自然不能付款。终于有一天,承包方老板从供货方那里得到一个消息,如果事业单位出面加盖公章,混凝土还是可以提前供货的。他赶紧对邵副校长说,邵副校长想也没想,在申请单上加盖了学校公章。第二天,停运了多天的机器,又隆隆地响了起来。才几个月工夫,教学楼就建好了。

　　当然,邵副校长加盖这个章的事,我是不知道的。不要说是我,连他自己都忘了。我们欢天喜地地看着教学楼建好了，又欢天喜地地让师生们搬进了新教学楼。教学楼一验收完，根据合同规定，学校将几百万工程款都给了承包方。这件事，了得干净、彻底。

没想到，一年后的今天，居然旧事重提，而且一提还惊天动地——我被人告了。

诉状上，白纸黑字，清清楚楚，状告法定代表人何夏寿，于某年某月欠人家工程款不还。完了，我搞了那么多年的真善美教育，这张状子仿佛是对我的讽刺。理智告诉我现在不是写检讨的时候，我们要调查问题出在谁的身上。

其实，问题是一目了然的。承包方拿了我们的工程款，没有及时跟供货方结清材料款。邵副校长打电话给承包方老板。老板说，他已破产，无力偿还。接完电话，邵副校长整个人像被电击一样，瘫倒在坐椅上。42万元，学校无故受损。这状子传出去，对于这位年轻的副校长来说，意味着什么，谁都明白。从法院出来的路上，邵瑞流着泪对我说，公章是他加盖的，当时根本没想那么多，唯一想的就是加快施工进程，保证秋季让师生们搬进新教学楼。没想到，承包方结走了工程款却不付给人家材料款，让人家把官司打到了学校。他连累我了，给我和金近小学抹黑了。他拿不出这么多钱，只能离职。我说，你离职也得赔，就算你逃出中国，也要把你抓回来！

邵瑞绝望了。那时，他妈妈得了癌症，正在化疗。他是独子。祸不单行啊。

我说既然走到了这一步，只能直面现实，相信天无绝人之路，只要我们自身是清白的，法律总是站在好人这边的。

安抚好了邵瑞的情绪，我跑到我当律师的外甥那儿，把事情真相告诉他。听完我的陈述，我外甥责怪邵瑞。我说不用责怪了，责怪也无用。他年轻,不到三十,已经帮我做得很多了。再说,谁会想到承包方会是这样的人。现在我们还是要想办法处理这件事情。我外甥见过世面,给我出了好多主意,其中一个是去找镇政府领导,把这事让领导知道,由镇政府出面解释。但这一来,学校,特别是我在镇政府心目中的形象可能会受影响。他问我去不去。我说,去。

我找到了分管教育的镇长,承认我对工程建设管理不力。我不是客套,我是真心诚意的。我一直觉得自己在教学业务方面有点灵气,管其他方面实在不太擅长。再加上我觉得要放手用人,发挥他人所长,让他们去指挥、协调,所以对副手分管的事情很少过问。邵瑞虽然年轻,但在学校形象设计、文化建设等方面很有灵气,点子也多,而且没有私心,让他分管工程可谓得心应手。事实上,除了这个公章事件,整个教学楼的建设工程做得很好。发生这种事,邵瑞心里的压力十分大,但他是为我做事才这样的,我必须先担下来。

分管镇长人特好,她说有些事也防不胜防,何况我们是教师,说到底对这种事情也缺乏经验,要说有责任,她也有,没有加强这方面的培训和管理。

我感动得想哭。

分管镇长和我去了法院。庭长说:"其实何校长是冤枉的,邵校长就不那么清楚了。"

我忙问:"庭长,您的意思是邵校长有猫腻?"

庭长说:"你想想,这个公章,邵校长会那么轻易地盖吗?"

我说:"他是为了工程进度。"

庭长笑道:"冠冕堂皇的,总是这么说的。"

我有点不高兴:"邵瑞不是这样的人。"

庭长说:"何校长真善良,对下属很信任。"

我说:"我相信我的眼睛。"

庭长在座位上打了个哈欠:"如果邵瑞真没吃没拿,这个案子也不难解决。"

我从位置上站了起来:"庭长,请指示。"

庭长说:"报警,就说你们被他们骗了。"

"派出所会处理此事吗?"我问。

"一般情况下,事情都发生一年多了,派出所确实也不会受理了。"庭长朝副镇长看了看,"如果镇里领导能够过问一下,证明你们确实被人欺骗了,应该会受理的。一旦派出所出面协调,有记录,到时我们可以向原告出示这个案子真正的被告。学校的法律责任就可转移了。"

我高兴得想当庭下跪。

下午,邵瑞报了警。

承包方老板承认混凝土是他所用,而且全部用在学校的工程建设上,邵瑞连一颗石子都没挪到家里去。公章确实是他让邵瑞副校长盖的,当时是为了赶工程进度,让供货方早点给混凝土。学校也按合同如数结清了工程款,只是他债务太多,没有钱再去结算混凝土款项。

我们把事情的过程告诉了庭长。庭长说,好了,这个案子跟学校没有关系,到时配合调查就行了。

我的这个故事也讲完了。不过还有补充,三年后,学校又搞建设,这次工程更大,工程款当然也更多。我说邵瑞,怎么样,继续担当。他笑笑说,这是应该的。就这样,邵瑞依然负责工程管理。

大楼建得漂亮,工程管理优良。

这个故事的中心思想是校长要相信下属,并为下属担当。你担当了,别人才会为你尽责。

可以带个人吗

"可以带个人吗?"当校长以后,我常常向邀请我去讲课的对方这样问。

1998年暑假,省作家协会儿童文学创作委员会倪主任打电话给我:"何老师,我们想邀请您来杭州参加儿童文学作家培训会,请问您有时间吗?"

那时,我就是一个普通的村小校长。

天上掉馅饼了。

"有时间。"我尽量按捺住快要跳出来的心,"请问具体什么时间?"我的声音有点发抖,乍一听,以为中了500万。

"8月中旬,通知马上会寄过来的。"

"对了,主任,我可以带个人来吗?"我一出口,就知道不妥。这又不是去逛超市,你多带一个人或少去一个人,随你的便。这可是正规培训。多一个人不是要多一份资料吗?多一个人不是要多一个位置吗?多一个人不是要多一张嘴吃饭吗?多一个人……

果真,电话那头,倪主任无声了。我能读出无声中的尴尬、为难。我觉得脸也有点发热。我真是野心大,请我已给足我面子了,我还让人家尴尬,让人家为难。我想扇自己两巴掌。

"倪主任,培训所产生的费用我们会自负的。"我明明想说"那就算了",可嘴里吐出的竟是这句话。

倪主任真是雅量，他听了我的话，居然哈哈地笑了起来："你真是个好校长，这样注重培养老师。我们支持你们，你就带个老师来吧。至于费用，到时再说。"

我带上了刚刚分到学校的青年教师李立军。

2008年，也是暑假，安徽省宿州市教育局领导邀请我去那里讲课，讲学校文化建设。我说没问题，有问题的是我可不可以带个人。他们说，欢迎啊，带几个都可以。我说真的吗，那我就不收你们讲课费。

我是搞童话的，很天真。他们说多带几个也可以，我就带上了两个老师。

到了宿州，教育局负责接待的老师看到我们仨，以为另外两个是送我过来的司机，问："两位先生今天回不回去？"

我说："这就是我带来的两位老师啊，他们想学习学习这次安徽省校园文化建设大会的经验呢！"

接待的老师不知道我和他们领导在电话中说过的话，他不好做主，他要打电话请示领导。我说："不用了，我们三个就住一个房间，不要破坏了你们的接待规定。"

那老师觉得这样不妥，觉得我是个专家，理应单独住一个房间，就执意给我们开了两间房。我们当面不和他争，等到他离开宾馆，我赶紧把另一间给退了。

晚上，宿州市教育局安排晚宴，欢迎我们这批去讲课的专家。晚宴桌子上，还特别放置了每个专家的名字。我一看，我带的两位老师也在其中。我赶快打电话给两位老师，让他们不要去外面吃了，人家都安排好了，不吃也是浪费。当然，我也不会白吃，除了讲课很努力，还真的信守了不收讲课费的承诺。

　　我以为我是悄悄地带人，没想到传成公开的秘密了。有一次，浙江师范大学的杨平老师打电话给我。说明一下，那时候我还不认识杨平老师，她也是从别人那里知道我的。她在电话里，邀请我去浙江师范大学讲节语文课。

　　我看了一下随身笔记，她邀请我的日子，我已经安排出去了。我说："杨老师，谢谢您，这个时间我去不了。"

　　杨老师说："何老师，如果您能来，我们欢迎您带上两个徒弟，也可请他们各讲一节课。"

　　"真的？"我兴奋起来了。

　　"真的啊，我们还可以给您的徒弟开讲课证明。"杨老师的声音甜得像邓丽君。

　　我太高兴了。于是我把原定的那个活动提前了。然后我带着两个徒弟，去了浙江师范大学。

　　活动很成功，两个徒弟上了课，拿了浙江师范大学给的讲课证明，开心得直唱"爱你一万年"。

　　我唱"谢谢你的爱"。

　　我说的是真话。我的老师们一直以为是我在带他们。其实，是他们在带我，或者说是他们用行动鼓励我，在专业发展的路上做得更好，更像他们的校长。

因为你优秀

学校公布了考核结果,第一名又是李丽萍。

李丽萍是我的徒弟,也是我的办公室主任。她很优秀,教书好,人缘好,性格好。一个老师就这三条可得满分了,其他的优秀就当附加分。

暑假刚刚结束,李丽萍给我送来了教师半年考核表,让我有空看看。

我没空也得看。考核关乎老师们的评优评先,关乎老师们的工资奖金,是校长工作的重要内容。

自我担任校长起,20年了,我们一直执行老师们自己讨论拟定的考核制度。这么多年下来,发展了学生,成就了自己,光荣了学校,大家对这个规则基本叫好。

我之所以说是"基本",是因为听到新调到我校的朱胜钧副校长和我这样说:"何校长,咱们金近小学的考核是很硬,各项指标加起来,谁排名在前,谁就是优秀,这样确实减少了主观性和随意性,调动了广大教师认真工作、参加各项活动的积极性。可问题也有——"

"请讲。"我知道任何一个制度都不是完美的,但关键是我们学校领导长期处在庐山中,已无法察觉我们的问题在哪里。朱校长是刚从外校调过来的,还不了解情况,我让他继续说下去。

朱校长实话实说。他说,这样的考核让优秀的一直优秀,不那么优秀的一直不那么优秀。因为老师基本不变,他们的基础、兴趣、特长也不大会变,考核制度更不变,这样几年下来,考核排序也不会有大的变动。每年考核结果,前百分之十就是这么几个老师,最多在这几个优秀的老师之间,稍稍变动一下名次。

我觉得他说得有理。制度应当让每个人都有干事的积极性,要保证让老师跳着跳着能吃到桃子。如果让这些爱跳善跳的老师也吃不到桃子,那么以后他们就不再去跳了。

考核,说白了,就是评优秀。如何能让"老优秀"和"新优秀"和谐共处,共同优秀? 这是个两难问题,我们看到了问题,但一时无解。

看了李丽萍给我的半年考核表,"老优秀"和"新优秀"的排名就差了这么一点点。可这一点点差距,却成为优秀和一般之间的鸿沟。

我对李丽萍说:"你连续几年优秀了?"

"六年。"

"都赶超中国女排五连冠了。"

"那是,我还想十连冠呢!"李丽萍自信地说道。

"六和十,这两个数字不好。"

"不好?"

"你想想,'六'音同'溜',提醒你要溜了。"

"哈哈,那十呢?"

"十就是十全十美。你想想,你三十多岁就十全十美了,那以后的日子呢,是不是——"

"乱七八糟,一塌糊涂,是不是?"李丽萍爽朗地笑着说,"校长大人,看样子,我这根鸿毛就要埋葬在冬天里了。"

我心里咯噔了一下,看李丽萍的表情,听李丽萍的话音,好像真猜到了我的心思。是啊,她怎么会不知道呢。为改进考核制度,我和几位副校长都商量过好几次了,这风声,早传出去了。天窗,既然已经触动了,索性就打开吧。

我笑道:"申明一下,你肯定不是鸿毛。"

我决定开门见山了:"我们想这样做,一个老师连续5次考核优秀,实行谦让制,评谦让奖。也就是说,你考核出来的名次,仍然排在前头,甚至还是第一名,但你不能再得优秀奖。我们的目的是为了鼓励新人,让更多的新老师能跳起来。"

"我不懂,新人要鼓励,难道我们老人就不要吗?"

"当然也要啊,所以叫谦让奖。"

"这又不是奖。"

"这是更高级别的奖。"我继续做她的工作,"你想想,有一天,你女儿也当了老师,和你一起参加考核。她也很努力,很勤奋,但因为学识、经验、人脉等因素,每次年度考核就和你差那么一点点。就这么一点点,你一直优秀,她一直不优秀。你说,她会怎么想?"

"让新老师优秀,这个我理解也支持。可我明明是根据制度考核出来的,怎么就不优秀呢?"

"谁说你不优秀了,不优秀能评谦让奖吗? 有些人的优秀,需要证书、证明,而有些人的优秀,都不需要刷脸,刷半个名字就够了。比如——"

"李丽萍!"她笑了。

这一年,是2016年。

2017年,我们学校在全区学校考评中,获得了从来没有过的好成绩。

原因很多,其中之一是有一批新老师冒了出来。

总 务 主 任

我爱美,每年都会在学校里种树种花。

那一天,我在学校长廊下欣赏校园美景。

春天的学校好美,花草树木憋了一个冬天后,急切地释放生机,开花的开花,吐绿的吐绿。种花种树是件多么有意义的事啊!我忽然联想起"待到山花烂漫时,她在丛中笑"。

那是伟人看花,我是乌鸡比凤凰了。我自嘲着摇了下头。这一摇,我看到大概 20 米开外,新教师李红军正在一(2)班教室门口的花坛里摘花。我大吼一声:"李红军!"

李红军寻声转过脸,见是我,手下留情了。

这时,刚好是下课,李红军的身边围着一批小学生,也有几个女老师。我气急败坏地走了过去,说道:"李红军,你还是老师吗? 当着这么多学生的面摘花!"

李红军的脸一下子涨红了。我以为他知错了,可我想错了。他说:"摘朵花有什么大不了的!"

哪有这样的青年教师,犯了这么低级的错误,不但不认错,还在这么多师生面前顶撞我。我被气炸了:"你还像老师吗? 说出这样的话。这个月的师德考核,全扣!"

"随你好了!"李红军扔下话,潇洒地走开了。而我难堪得想钻洞。

这件事发生在 2005 年。我再讲一件 2018 年发生的事。

那是 8 月初，应该是 8 月 3 日，我辞去校长职务的申请终于获得批准，我可以告老还乡了。我既激动又感动，一个劲地对局长说谢谢，不知道的还以为局长让我连升三级。

我兴高采烈地回到学校，一进办公室，李红军也走了进来。是我打电话约他来的。

"红军，我请辞成功了！"我像捡了金子一样开心。

"好的，好的。"红军也很高兴，仿佛我的金子要分他一半，"这下你可以做自己喜欢的事了，写书，上课。"

我爱好什么，喜欢什么，红军是知道的。我连连点头："是的是的，所以我要把这个喜事第一时间告诉你，和你分享。"

红军哈哈地笑了，笑了一会儿，他的脸有点红了。我知道，他一脸红，准有事。他咽了一下不存在的口水："校长，以后你也不做校长了，我这个总务主任是不是也可以辞了？"

"什么？"我生怕听错了。

他又很困难地重复了一遍。

"我是年岁大了，都超龄了，才辞的。你还不到四十岁，不可学我哦。"我说。

李红军的脸更红了，而且还红到了脖子："说实话，我是一直不想当总务主任的，我觉得自己不是当这个的料，不会写，不善讲。十年前，我答应下来，是因为你待我好……"他有点语塞了。我发现，红军的眼睛里有层水雾。

"哈，没有没有。"我递了杯水给他。

他接过杯子，喝了口水，说："校长，那年我女儿生病，是你几次打电话给你在杭州当医生的学生，帮我联系就诊，安排住院，回来后还几次问这问那。一想起这些,我就暗暗下定决心,校长叫我干的,哪怕再苦再累的事,我也决不推辞。说实话,这个总务主任,我真的不适合,你也知道,我在家里什么活都不干的。"

这个我是知道的,红军的老婆也是我校老师。我听她说过,红军在家里什么活都不干,休息天就喜欢去钓鱼,连女儿去上兴趣培训班,都是她用电瓶车接送的。而他就驾着汽车,约上几个好友,到周边县区去钓鱼。他的网名叫姜太公,是准备钓到八十岁,还是八十岁以后还钓,只有他自己知道了。可就是这个在家不干活的人,学校里什么重活累活他都干,电灯坏了修电灯,水管破了修水管,厕所堵了修厕所,房屋漏了修房屋。这还不算,有时还要听老师们的怨言。

红军不说话了,其实我也希望他不要再说下去了。再说下去,我会流泪的。我假装没心没肺地说:"这些全是举手之劳,根本不值一提。还是说说暑假里你到哪里去钓鱼的事吧。"

说到钓鱼,他的话又多了起来。

我很认真地听他讲钓鱼的故事。等到我们全都平静下来,我说:"红军,我最牵挂的还是金近小学。虽然我不当校长了,但人还在学校,心还在这所学校。我感激教体局的安排,金近小学的新校长由邵瑞担任。你现在身强力壮,又积累了一定的工作经验,我想请你像支持我一样,继续支持邵瑞。"

"那……"红军看着我,我也看着他,我们就这样对视着。好一会儿,他的眼光避开了我:"校长,你这么说,那我就只能再干下去!"红军说得实在,说得真诚。

今天,李红军依然做着总务主任,依然做得井然有序。

好了,这两件事合在一起,就是我和李红军的故事。这中间,隔了长长的十几年,其实这中间应该还有不少故事的。比如,那次摘花事件之后的故事。

我先面壁思过，我在这件事上处理过火，有点仗势压人。

我正在思过，红军在学校一名老师的劝说下，到我办公室道歉。还没等他开口，我将思过的内容向他说了一遍，还给他递了热茶。他喝热茶的时候，我看到他脸有点红，一定是茶太热的缘故。

后来，我才知道，那天李红军摘花是给一个一年级的小朋友。她从家里带来的一朵花不见了，于是她在教室里大哭。一年级的几个女老师都劝不住这个孩子。李红军知道了，想了法子——摘一朵花送她，不就好了吗？偏偏，这让我看见了。

再后来，他体育教得真是太好了，我们学校年年在全区运动会上得奖。我让他当了体育教研组长。他把教研组管得很好，对器材也是爱护有加。

再后来，总务主任黄华明快退休了。我和黄主任都看中了李红军。我留心观察了李红军两年。两年后，黄老师退休了，李红军就成了金近小学的总务主任，直到现在。

故事讲完了。

阿　秀

阿秀是我们学校食堂烧饭的。

她是1998年秋季开学时来我校的。熟人带她来时,我正在找老师谈话。看见进来一个女子,我以为她是新老师:"这位老师是——"

阿秀的脸一下子红了。熟人连忙说她就是来学校烧饭的。我"哦"了声,重新打量了她一遍:"在食堂工作很辛苦的!"

"知道的。"阿秀低着头。

"我们学校单位,工资也不高。一个月才240元。"

那时,新分配老师的工资接近1000元。

"知道的。"阿秀仍然没有抬头。

看来干这一行,阿秀时刻准备着!

就这样,阿秀就成了我们学校食堂的厨工,按阿秀的话说,烧饭的。

那时,我们学校还很小,才200来个学生,那时候学生中午也都是回家去吃的。阿秀其实是给我们16位老师做一顿午饭。

没过多少天,我们就看见了阿秀的优秀。阿秀做菜真有一手,每周的菜做得绝不重复。不仅不重复,还把每道菜做得煞是诱人。我是做不到的,我估计很多人也做不到。特别是她做的红烧肉,那色泽,那香味,那口感……这么说吧,东坡肉知道吧,东坡肉在阿秀的红烧肉面前,简直没法比。每天吃午饭,我们几位领导私下里说,就凭

"这块肉",阿秀都可以和县城大餐馆的厨师媲美了。

这话还是让刚参加工作的小李老师说出来了:"阿秀,你做的红烧肉比上虞国际大酒店里做的还好吃,你可以去那儿当厨师!"

"那我吓都吓死了。"阿秀红着脸,收拾着碗筷,"只要你们老师说我烧得还好吃,我就开心了。"

为了奖励阿秀烧饭有功,当年年底,我们商量后决定给阿秀50元的奖金。我把决定告诉阿秀时,阿秀脸红了,连声说:"介好嘎!介好嘎!"(方言,这么好的意思)

后来学校越办越好,越办越大,周围几所村小全部并入了我们学校。学生一下子到了1200多个。学生多,老师当然也得多,老师多到64个。而且,上级规定,学生的午饭由学校负责解决。

我们打算按200比1的标准,再招5位炊事员。阿秀知道后,对我说:"校长,其实再招3个就够了。"

"3个?"

"烧饭就是上午中午忙一点,下午其实是很空的。人招得多,学校开销大。"

我觉得阿秀说得有道理,我们就招了3个员工,分别负责低、中、高三个年段。阿秀除了继续烧老师们的菜以外,还负责烧全校学生的菜。另外,我们让阿秀担任炊事班长。阿秀脸又红了,说:"我去试试。"

食堂事关全校师生的饮食安全。上级接二连三地发文要求学校对此加强管理。哪怕没有这个文件,每个校长也都会重视此事。每周不管多忙,我都会去食堂察看。每次见到阿秀,就像见到一名出色的指挥员,一边挥动着菜勺,一边指挥着其他几名食堂人员。

有一次,总务主任对我说,阿秀今天和某某吵架了。

阿秀会吵架？

原来是某某带走了食堂里吃剩的饭菜。理由很简单，反正明天不会再给师生吃了，不吃也是浪费，带回家，还可以热热再吃。

阿秀知道了，说不能带。这是公家的，要浪费也要浪费在学校里。今天你以避免浪费之名带走，明天其他人也可以别的理由带走，这样下去，食堂里还有什么东西不可以带走？

某某说阿秀多管闲事。阿秀说学校让她做班长，她就得这么管。结果两人都吵哭了。某某说自己不干了。

我把阿秀叫到办公室，表扬阿秀做得对。我以为阿秀又会脸红，但这次阿秀流泪了："某某和我是亲戚，这一来，我们要做不成亲戚了。"

原来是这样啊！

我找来了某某，进行了沟通。她表示理解，但提出要换个部门。我答应了，让她做学校勤杂工。

年终，我对阿秀说，学校打算给她 200 元奖金。阿秀的脸又红了："何老师，这个奖金只我一个人有，我不要。"

"为什么？"

"活是大家一起干的。"阿秀想了想，说，"要不这样，把这 200 元平均奖给 4 个人。这样，大家都开心。"

我说我们再想想。

第二天，我去食堂察看。其他三位食堂阿姨见了我，个个满面春风。后来我知道了，原来是阿秀告诉她们，今年学校肯定食堂员工做得好，年终要额外给每人 50 元奖金。2015 年，根据上级文件，学校实施事业单位用工人员最低工资标准。我们一对照，发现阿秀距离这个"最低"标准，还差 450 元。这时，新分配老师的工资有

5000多元了。我非常愧疚地对阿秀说:"下个月开始,每月要给你加450元。"

"啊,介好嘎!介好嘎!"阿秀的脸又红了。

"这样加起来有多少呢?"

阿秀算了一会儿,说:"这样有1850元。这么多!"

我说:"不多的,其实像你这样的人,到别的地方去做,工资可能会更高。"

听我这么一说,阿秀的脸更红了:"何老师,我在我们金近小学做了20年了,学校的领导、老师都看得起我,在学校工作我觉得非常有面子,再说我们学校办得这么好,我觉得我在这里烧饭很自豪。"

"学校感谢你啊!"我动情地说,"学校给得不多,你奉献得很多!"

我这么一说,阿秀的眼眶有点红了:"是的,何老师,我确实对学校太有感情了。本来这话我是不说的,今天我和你讲讲。前些天,某某老板,你也知道的。他想请我去他们公司烧饭,给我每月3000元,和我老公都谈好了。我对我老公说,要去你去,我不去!"

我认识阿秀说的某某老板。我也相信阿秀说的。

"何老师,我今年48岁,再过两年就50岁了,到退职年龄了。我不敢去想离开学校,我会怎样……"阿秀说不下去了。

日久生情啊。我理解阿秀。其实阿秀不仅仅是觉得学校的老师好,她还觉得学校里进进出出的孩子好,花花草草好,上下课的铃声好,出操升旗的音乐好,热热闹闹的吃饭场面好……

"再过两年……"我忽然发现,阿秀的满头黑发里夹杂着几根白发。老了,阿秀也老了。在阿秀的抽屉里,肯定没有奖状,也没有证书。然而她和我们所有热爱学校的老师一样,将整个青春献给了金近小学。不同的是,我们有节日,有证书,有奖励,还会被一群一群的学生记住。而阿秀只是默默地奉献。

我的眼眶湿润了。

阿秀,她的芳名叫夏秀英,她是 28 岁时来金近小学烧饭的。

道　歉

当校长的二十多年里，我永远激情飞扬，永远奋发豪迈。似乎，我的天空从来没有一点阴云，一直都是艳阳高照。

那是假装的。晚上的时候，我骂自己：伪君子！

王老师，我要向你道歉。这件事可能你已经忘记了，可我的日记还清清楚楚地记着。

那是 2010 年 12 月 25 日，那天学校开周前会议，我宣读了上级发布的关于元旦春节期间送温暖的文件。说白了，就是每个教师要向社会捐款 500 元，这样就等于你是一位有社会责任感的教师。文件里说，如果不捐款，要打报告解释为什么不捐。说白了，就是写检讨。

王老师可能那天心情也不太好，或者心情没问题，就是情绪有问题，他激动地对我说："我不捐，也不打报告。"我说为什么。他说："不为什么，钱是我的，捐不捐由我，我为什么要向学校打报告？"那天，我气得发抖。哪有这样的教师，如此蛮不讲理。好，他不讲理，我也无义。这一年年底，我在总结一年工作时，以个别教师师德不正为由，含沙射影地批评了他。同时，我还吩咐学校德育处，这一年的评优，对他是一票否决。

后来有一次，学校想在蓝莺园里种几棵果树，但是还差几棵桃树。王老师知道后，到我办公室说："我们家有几棵很好的桃树，学校需要的话，无偿提供。"

第二天，正是星期天，我在学校里写东西。保安打电话给我，说是王老师送了一车树。我赶快下楼，看到王老师正将一棵棵碗口粗的桃树，从拖拉机上往下搬。他见是我，远远地喊："校长，你在学校里啊！"

我说要不要叫总务主任过来。他说不用了，星期天人家也难得休息。我想上去帮忙，他立刻制止了我，说我的手是用来写文章的，不像他，老农民出身——干粗活的。

就这样，我看着他拿起铁锹，在我指定的地方挖了四个洞，将四棵从家里带来的桃树种了下去。临了，还不忘从学校水井里，打上几桶清水，给每棵桃树浇上水。王老师做这一切的时候，热情和欢喜是写在脸上的，谁都能看出来。当时，我有点想流泪，我差点当场向他道歉，为那次"一票否决"的事，因为那次他们办公室几乎全票投他优秀。可是，我到底没有勇气。

第二年春节前，温暖还是继续送，文件还是我来念。不过，再也找不到如果不捐要打报告说明的字样了。看来，王老师是对的。

那时，王老师已经退休了。只有王老师的桃花依旧笑在春风里。

小何老师，我也要向你道歉，真的。

那一年，应该是 2000 年，童话教学开展得热火朝天，我的事业正欣欣向荣。凡是欣欣向荣的单位，员工一定很累。小何老师是班主任，教语文，比我小三岁，是个非常有耐心、有爱心的女老师。那时，她教着一个 50 多人的班级，是毕业班。学生都是从下面学校过来的，很难教，也很难管。

有一天，小何很不好意思地对我说，她明天要去上海动手术。我吃惊地问，什么病。小何老师说乳房肿痛。她说得一点都不严重，仿佛在说别人的事。我脱口而出："那这届毕业班惨了。"

一出口，我感觉自己说的不是人话，想收，但已经泼出去了。我等着小何老师骂我不是人。

可小何老师很理解地一笑，说："我知道的，所以我选择星期天去动手术，上海的医院住院也蛮紧张的，可能一个星期就能出院，一出院我就来上班，我想我可以坐着给学生讲的。"

我赶快补充人话："小何老师，一切以健康第一为原则。你先去治病，等你身体完全吃得消了，再来上课。在此期间，你不要想工作，不要想学生，我们学校有办法管好你的学生的。"

小何老师动完手术回来了，我和学校几位领导去她家看她。她说她的手术很顺利，肿瘤是良性的，很快就可以上班了。我们都劝她慢慢来。

其实说心里话，我是巴望着小何老师能早点来的。虽然我们请了个代课老师，但毕竟是临时的，而且那个代课老师根本管不住那帮孩子。为此，我几乎天天都要去小何老师的那个班级，多看看孩子。

后来一周，我去外地培训了。

回来后，我去了学校。处理完了手头要紧的事，我想到小何老师的那个班级不知乱成啥样，于是我赶紧过去。教室里很安静，我轻轻地推门进去，看到小何老师坐在椅子上睡着了。说睡着了，是因为她的头微微仰着，眼睛轻轻闭着。其实是没睡着的，因为她的身子是坐着的。

那一刻，我的眼睛热了。

"谁在吵？"小何老师闭着眼睛说。

我用手向学生们暗示了一下，然后躬着身，轻轻地退出了教室，轻轻地合上了门。

　　小何老师不善表达,其实也无须表达。在金近小学里,谁不知道小何老师是一个拿生命在教孩子们的老师。

　　若干年后,一次闲聊,说到手术与休养。我问小何老师,有没有后遗症。她说,有的,每当天气有变,手术处总是隐隐作痛。她也看过医生,医生说主要是休息不彻底。

　　我想向她道歉,可道歉又有何用呢。

老　蔡

　　老蔡是五年前来我校当保安的。

　　学校原来也有个保安。那个保安属刺猬的，刺伤了很多人，老师、家长、学生都有。我怕他刺伤更多的人，就说你去找个更合适的地方吧。他一扬脸，走了。

　　他走了，老蔡来了。

　　介绍老蔡进来的熟人说，他人好。那天，我很潦草地看了他一眼，不高，有点胖。

　　他来的那年冬天前所未有地寒冷。有一天晚上，突然下了场很大的雪，突然得连广播都没反应过来。等到我清晨起床发现时，我紧张极了。这种极端天气，学校照例是要放假的，可我们没有关注到这场突如其来的雪。这时候再发信息，显然已经来不及了，因为早起的家长马上就要送孩子上学了。现在孩子上学放学，绝大部分家长都是用电瓶车接送的。这么厚的雪，这么冷的天，要是上学路上出了安全事故，那事情可大了。

　　我担心得连早饭也没吃，就开着小车去学校了。因为积雪，加上结着暗冰，车子不时打滑，平时距离学校五分钟的车程，我开了足足半个小时。

　　来到学校，天全部放亮了。我远远地看到校门口那条100多米长的车路上，积雪被人很整齐地推到两边。

是谁这么早扫出了这条道？

我稳稳地把车停在车棚里，刚打开车门，就听到一个响亮的声音："校长当心，地滑。"

是老蔡，他正挥动着扫把，一边扫着校园里的雪，一边冲我大声喊。

"谢谢老蔡！"我小心地走在被人清理过的雪道上，"外面的路是谁扫的？"

"是我。"老蔡爽朗地说，"我半夜起来小便，一看，雪下得像棉花一样大。我想这下糟了，学校没有通知放假，明天学生来上学，走路会跌跤的。这一想，我就睡不着了，四点半就起来了。一看，积雪大约有20厘米厚了。我赶快拿了两把大扫帚，找到一把铁铲子，铲铲扫扫，扫扫铲铲，就把门口那条路清理好了。"

"这条道上的雪都是你一个人扫的？"我问。

"是的。"老蔡的笑像是中了奖，"扫扫也快的，一个半小时就够了。那条路，我六点就扫好了。幸好雪不下了，要不又要积厚了。"

老蔡对我说话时，一直没有停止扫雪。这时，我才注意到老蔡只穿了件红色的秋衣，在满校园白雪的映照下，像是一团火，特别显眼。

"老蔡，你穿得太少了，会着凉的。"我说。

"嘿，热都热死了。要是学生不来，我还想光着膀子扫呢。"老蔡抹了把满脸的汗水，"校长，你去办公室吧。你走路当心点哦，地上有暗冰，当心滑！"

我没去办公室，而是悠闲地走向校门口，迎接学生上学。

江南不常下雪，我们都盼望下雪。下雪天的校园很美。

自这次扫雪以后，我经常发现老蔡在扫地。工作日在扫，双休日在扫，寒暑假也在扫，下雨天在扫，台风天在扫……正常情况下，你是看不到他扫地的,因为他起得很早。除非你突然有事到学校,来得特别早。我就常常看到清晨的校园里,一个男人挥动着扫把,清扫着地面。无数次,我坐在车子里,静静地欣赏着他优雅、舒展的扫地姿势。不瞒说的,他扫地的样子,像是跳华尔兹。

你千万不要以为老蔡只会扫地,他管安全比谁都用心。不但管学生上学放学的安全,还管小朋友跑跑跳跳的安全,就连哪间教室的门锁打不开了,哪个水管不出水了,哪张桌子上露了个钉子,甚至哪个小朋友的钥匙丢了,哪个小朋友的雨伞撑不开了,他都管,而且都管得好。

有一次,我因起草一篇材料,写到深夜十二点。我熄了灯,关上了门,准备回家。走到楼梯口,我才想到楼道灯因线路问题,一直不亮,近期正在申请线路改造。黑灯瞎火的,万一下楼摔倒,可惨了。我想到了手机的照明功能。我刚取出手机,就看到远远照来一束手电光。

"校长,你别下来!"

是老蔡。

"你还没有休息吗?"我说。

"我看你办公室的灯亮着,就边看电视边等你。"

"难为情了。我加班,都连带上你了。你明天要早起的。"

"不要紧,我睡一下就有力气了。"

老蔡跑到我身边,不容分说地拿过我的手提包:"你搭着我的肩,我们下楼。"

我像小学生似的,按着老蔡的指示,搭着他的肩,一级一级地下了楼。

老蔡把我送进了我的小车:"办一所学校真不容易,校长你都五十多岁了,还熬夜。路上当心点!"

我的眼睛有点发热。

我慢慢地开动了车子。后视镜外一片漆黑,只有一束光在晃动。我知道,那是老蔡的手电光。此时,他或许在向我挥手,或许正在巡视校园。

老蔡叫蔡建江,比我小十岁。

我们都叫他老蔡。

值　　班

　　本来没有轮到我值班,后来我却值了一天的班。我这样说,你肯定看不懂我到底想表达什么。如果你想知道,那就请你慢慢地听我讲。

　　2015 年 2 月 18 日,是个什么日子呢? 不猜了,告诉你,是除夕。

　　早上 7 点左右,我吃好早饭,拎起保温瓶,准备去学校。我爱人说:"今天下午你要早点回家哦!"

　　"为什么?"

　　"你这个人都五十多岁了,还像小孩子一样。"爱人一边用抹布擦着窗玻璃,一边说,"今天是大年三十,下午要'请祖宗'呢!"

　　是的,我差点忘了,今天是除夕。自从父母离世以后,每年这个时间,我们要请我父母及父母的父母,吃个团团圆圆的年夜饭。我们这里叫"请祖宗"。尽管父母已去了另一个世界,但父母永远是我们的父母。每年这一天,我都会放下手里的事,在香烟缭绕中,陪父母吃年夜饭。

　　其实爱人的提醒是多余的,第一我是记着这个日子的,第二即便我真的忘了,一过下午两点,满天的爆竹礼花也会提醒我的。

　　我把爱人说的话当作是提早燃放的爆竹,说:"好的,好的,我一过正午就回家。"

　　我开着车子来到学校。今天上午,我准备写一篇散文,完成一节语文课的教学设计。应该用不了多少时间,最多在学校吃了保温瓶里装着的两块年糕,就可以回家了。

家离学校才四公里,不一会儿,就到了。

冬天的校园很安静,仿佛鸟儿也冬眠了。正是冲着这份安静,我每天来学校,书写我的散文,记录我的课堂。

我正准备用键盘码字,突然听到有车子进学校的声音。都快过年了,谁还来学校?哦,我想起来了,是今天值班的老师。看了下手头的值班记录,今天是柏军。

讲到这里,我插一段话。每年寒假,根据教育局的规定,学校每天都会安排一位老师值班。虽说这个值班无非就是让你在学校里走走看看,甚至也可以不走不看,只要守着学校的信息平台就可以了,但老师基本上还是很不愿意来值班。原因很简单,无聊。寒假不长,才十几天,亲戚要走动,朋友要聚会,国外想看看,国内想走走……那个乐啊,那个喜啊,谁还愿意来学校,这里没有乐和喜,这里只有孤独、寂寞。

每年一放寒假,轮到值寒假班的老师连连喊"倒霉"。而喜欢孤独的我,常常就在这时候挺身而出,很仗义地说:"明天值班你不用来,我替你值了。"

那个"被中奖"的老师会激动地说:"谢谢,谢谢,校长真好,校长万岁。"

今年的寒假值班,从腊月二十三放假那天开始至今,我至少已经让七位老师过上了幸福的寒假生活。如果按老师们说的校长万岁来算,我可以活上七个万年了。我突然想到一个广告:"你好,我好,大家都好!"用在这里,正合适。我喜欢独处,老师们喜欢热闹。让独处者享受寂寞,让热闹者感受热闹,真的各取所需。本来,我也想打电话给今天的值班老师的,再一想,除夕这个日子太金贵,我得陪父母。所以,我就没有打。因为我没有打,人家也不好打给我,让我替他值班。

车停了，果然是柏军，后面还跟着他爱人和女儿。他爱人陈金利，也是我们学校的老师。

一家人来学校，这年他们不过了吗？我心里想。再一想，一家才三口人，男主人到学校值班，留下女主人和孩子，让他们怎么过年哦。

我看到柏军的女儿缩着头，很不情愿地牵着爸爸的手。我大声地说："柏军，金利，你们两位回家去吧，你们的班，我替你们值。"

柏军和金利顺着声音，找到我："何老师，这不好，今天是除夕，你家里也有事的。"陈金利说。

"就是，这样难为情的。"柏军说。

"没事，你们回去吧，我家里没事，孩子也大了，在学校里正好写点东西。"我这个人，就是这么个脾气。"那就谢谢何老师了！"柏军大声地对我说，"何老师，那下午呢？"

"下午也不用来了！"

"太谢谢何老师了，新年快乐！"

"嘀嘀"，柏军开着车子走了。

我开始盘算起来了。中午饭，和往常一样，装在保温瓶里的几片年糕。吃了以后呢，回家？不行，我已经答应柏军了。不回家，我爱人那里怎么交代？

下午三点，不是陪父母"吃饭"吗？我就在电脑上找出几张父母最爱的菜肴的图片，然后从心里请出父母。父母是我的父母，他们一定乐意和儿子以这种形式团圆的。

就这样，我写完了上午的"作业"，吃了保温瓶里的年糕。为防止爱人打电话催我，我关了机。大不了值完班回家时，说是手机没电了。

她不会和我吵架的。今天是除夕，和为贵！嘿嘿！

教学

他是我的朋友

我看见阿木睡眼惺忪。

阿木是六(1)班的学生,他的全名有点像外国人的名字,叫吉岬阿吉木,四川凉山人。三年级时,他跟他打工的父母来到这里。

他来我校上学那天,他父亲对我说,他读过三年级,因身体原因,时读时停,要求重新读三年级。我同意了。后来才知道,阿木在老家读过五年书了,倒退着读当然不是为了证明谦虚,而是实在心虚。阿木在我们学校读五年级时,我给他们上"童话课"。我发现,他实际的语文水平大约只有四年级。可那时,他已经整整15周岁了,比一般同学大了四岁。他和班上的同学走在一起,简直就是一个巨人和一群小矮人。

阿木家共五个人,除了父母,还有妹妹和弟弟。阿木的爸爸在一家化工厂给人家搞搬运,干一天,拿一天的工资。他妈妈给人家当钟点工,干擦地板、洗衣服之类的活。穷是穷透了,但他们特别重视子女教育,把过上好日子的希望全都寄托在孩子身上了。我听阿木的班主任说,他爸爸就是冲着这里的教学质量,才从四川老家跑到这里打工的。

可阿木有点对不起他父母,虽然比别的同学大四岁,但他的学习成绩不但没有水涨船高,相反,比别人差一截。除了语文,其他科目几乎都是亮"红灯"。老师们反映他上课无精打采,有时还睡觉。我的这节课,讲不到一半,他就睡着了。我走到他身边,摸了一下他的头。他轻轻地睁开了睡眼,见是我,脸红了。

我发现阿木脸上有好多青春痘。"春色满园关不住",是的,美好的青春已荡漾在阿木的生命里了。

我产生了要送他一份成人之礼的想法。

快下课时,我对全班同学说:"我们的'童话课'一直还没有课代表,现在我想好了,请阿木同学担任。"我根本就没去观察班上同学的表情,更没想过要去听大家的掌声,"阿木,一会儿,你把童话教材收齐,送到我办公室。"

我看到阿木的脸涨红了,他的眼睛里写满了问号。

"报告!"放晚学的铃声响过不久,阿木来了,捧着厚厚的一大沓童话教材。

我让阿木把书放在办公桌上,然后握住他的手:"阿木,祝贺你当选课代表哦!"

阿木的眼睛里满是兴奋。我从抽屉里拿出自己准备的一包饼干,递给他:"饿了吧,这是我奖励给课代表的。"

阿木很难为情地一笑,说:"何老师,这个我不能要。"

阿木的声音,标准的男中音。是的,他已经不是小毛孩了。我望着他因为青春期而变得有点油腻腻的脸,还有脸上勃发着生命的小痘痘:"替何老师去做点事,怎么样?"

"可以呀,您说。"

"走,今天我值日,和我一起去检查教室卫生。"我拉起他的手,像拉着我的儿子,走向教学楼。刚开始,我感觉到阿木的手在我的手里有点发抖,一会儿就不抖了。等走到教学楼,看到等候检查的值日生们时,他在用力地握着我的手。

我走到一个班级，对那儿的值日班长说："认识阿木吗？他是我的朋友。今天我让他陪同我检查卫生。"

值日班长睁大了眼睛。一圈走下来，阿木成了全校的明星了。阿木向我告别的时候，油腻腻的脸上散发着亮晶晶的自豪，脸上的痘痘也闪着惊喜的光芒。

"阿木，明天放晚学，你再到我办公室来！"我突然想起什么，拉开门，冲着刚刚走远的阿木喊。

"好的，何老师！"阿木远远地向我挥了挥手。

第二天，阿木准时来到我办公室。

我拿出昨天晚上给阿木买的东西：一条毛巾，一瓶洗发水，两支洁面膏。

我对阿木说："青春期的孩子要用洁面膏洗脸，这样才能去除油腻，保持皮肤干净。你去试试看，灵不灵。"

阿木的眼睛湿润了："何老师，这要多少钱啊？"

"不用问。这是你替我干活的报酬。"我笑道。

"我替您干活？"

"你不是课代表吗？要帮我收教材、发教材，这不是活吗？"

"何老师，我知道，这是您看得起我。"阿木流泪了。

"别这样，阿木，现在你都是青年了，还流泪？"

阿木用手抹了下眼泪："何老师，昨天晚上，我妈妈不小心打破两个热水壶，她哭了半天。"

"烫着手了吗？"我问。

"身体倒是没事。"

"那为什么哭？"

"何老师，这两个热水壶去买要40多块钱。而这差不多是我妈给人家擦半天地板的工钱。"阿木低下了头，又擦起了眼泪，"您给我买这么多东西，要花多少钱啊。我妈知道了，肯定要骂我的。何老师，这个东西我真不能收，您可以给您儿子。"

我被阿木说得有点心塞。我给阿木买的这些东西，才一百多元。我儿子正在读大学，他请同学去歌厅唱个歌，吃个饭，就是几百元。他会看得上我给他买的这几十元的洁面膏？我儿子在请人唱歌、吃饭的时候，不知有没有想过他老爸是怎样赚钱的。我想肯定没想过，也肯定没去想。我突然觉得阿木比我儿子懂事多了，尽管我儿子比他大六岁。俗话说："穷人的孩子早当家。"会当家的孩子肯定是个好孩子。

我对阿木说："阿木，我给你买来了，说明我想和你交朋友。你要是喜欢我这个朋友，请你一定带回去。告诉你父母，就说这个是帮朋友干活的报酬。"

阿木又流泪了。

"你看你的脸，一流泪，油腻得可以炒菜了。"我取来一条毛巾，拿出一支洁面膏，对阿木说，"你去下卫生间，用这个洁面膏洗下脸。试试好不好用。"

阿木犹豫了一下，去卫生间了。

不一会儿，阿木进来了。我第一次发现阿木原来长得很帅，一米七左右的个子，大眼睛，高鼻梁，洗过的脸白净、光洁。

"阿木，你真帅哦！"

阿木又低下了头，不好意思地说："何老师，不要开玩笑了。我很丑的。"

"谁说的？"

"班上同学们都这么说。"阿木认真地说，"说我长得熊一样高，猪一样笨，狗一样丑。"

"那是他们在妒忌你。"我也认真地说，"你看，你这脸，这眼，这鼻，哪怕是几颗痘痘，哪一样不是帅气的表现？下次，他们再说你是猪啊狗啊时，你就说谢谢狐狸！"

"狐狸？"

"吃不到葡萄说葡萄酸的狐狸。"

见我真心关心他。阿木竟主动说："何老师，您现在有时间吗？我有几个问题想问问您。"

一点也不奇怪的，他原本就不是一般的六年级学生了，他是个成人了。我给他倒了杯水，让他慢慢说。

"我父母为了改变我和妹妹弟弟的命运，从老家凉山来到上虞。我爸爸在人家工厂里装卸货物，200块钱一天。这活很辛苦很辛苦，我爸每天晚上回家，累得什么也不想吃，躺在床上起不来。我妈妈在人家厂里搞卫生，干一天100块钱。收入就这么一点点，可我们家租房子要800块钱一个月，还要供我们三人吃饭、读书。我真担心有一天我爸妈的身体突然不好了，我们家该怎么活。我是家里的老大，现在都已经16虚岁了，读书也不好。我想读完这个学期，等小学毕业了，我也不读了。我要去打工，赚点钱，减轻爸妈的负担，让妹妹和弟弟好好地去读书，去考大学。您说，我这样的想法好不好？"

阿木真把我当朋友了。

我给阿木添了点水，说："谢谢你这么信任我，把心里话都说给我听。你是一个真正的'童话课'课代表。为什么呢？从你刚才的话中，我听出你是一个非常懂得感恩、非常善良的人，你深知父母养育你们的不易，你也知道当哥哥要为弟弟妹妹着想。而为了父母，为了弟弟和妹妹，你愿意牺牲自己。这就是童话，美好，温暖。"

阿木被我一表扬，又红了脸。

我接着说："不过，阿木，何老师认为你读完小学就去打工，在现在这个时代，显得不妥。你这样做，自己痛快了，可你父母呢？还有，将来你的弟弟妹妹都长大了，知道当初你是为了他们连初中都没读完，他们会感到多么歉疚？一个人自己的行为，让别人为此欠下一笔无法偿还的债务，这样做显得有点残忍。你说呢？"

阿木很懂事，他郑重地点着头："那我就读完初中。"

"还要好好地读，为弟弟妹妹作榜样。"

"何老师，我一定。"

后来，阿木像变了一个人，真的成了同学认可、老师喜欢的好学生。除夕那天，阿木来学校看我，提来了几根熏猪肠，说这是他老家亲戚带来的特产。我送给他两套新衣服，还给了他 200 元压岁钱。

阿木又流泪了。

再后来，阿木上了初中。我送了他一辆自行车。

再后来，阿木初中毕业了，在一家大型商场里找了一份工作，说是专门负责做海鲜粥，说要做好一碗海鲜粥也挺不容易的。前些天，他还打电话告诉我，他的工资已涨到 5000 多元了，他也会做海鲜粥了，顾客反映还不错。阿木还说："好想请何老师来尝尝我做的粥。"

好的，阿木，我一定会去的，去吃海鲜粥。

我和"天使"的故事

那是我第一次认识王冬。上课铃一响,我走进了教室。也许是第一次见面,孩子们早早地坐在教室里,安静地等着我。我刚要喊上课的口令,发现最后一排有个瘦瘦的孩子,手里拿着一根小棍子,旁若无人地挥舞着,还做着各种怪异的动作。我以为他没发现我,咳了两声。谁知他看了我一眼,居然大喊一声"芝麻开门",惹得所有孩子都笑的笑,叫的叫,教室里像是突然打翻了一笼鸟。

我想当场夺了他的棍。但为了维护自己的形象,再说也是初次见面,于是我强压住已经冲到头顶的火。

"上课了!"我提高嗓门喊。

教室里倒是安静了下来,但那孩子瞥了我一眼,丝毫没有停止"搞怪"的意思。我气得想吐血。

"他又'进去'了。"有个女生见我还不理解"进去"的意思,指着那孩子,"他是呆子!"

我这才注意起这个孩子来,大头细脖子,像是小摊上卖的手工小面人。他长得挺清秀的,尤其是那一双眼睛,让我想起小时候家门口的清水潭,不仅清澈,还漾着一些涟漪。这究竟是一个什么样的孩子呢?

下课后,我向他的班主任潘老师说起这事。从潘老师那里,我了解到这孩子叫王冬,虽然长得挺文静秀气的,但反应比较迟钝。

"不过说实话,他演阿里巴巴,还挺投入的!"我对潘老师说。

"是的是的。"班主任毕竟是班主任,了解得比较全,"他很有表演的天赋,演什么就像什么,特别放得开,可脑子实在简单,'进去'时,半天也记不住一句台词,说得天一脚地一脚的。"

又是"进去",我终于明白"进去"是针对王冬的专用词汇,意思是王冬沉浸在自己的世界里,此时周围世界形同虚设。"那么他有'出来'的时候吗?"我半开玩笑地问。

"也有'出来'的时候,有时候他说话很正常,而且比我们正常人都聪明。"潘老师认真地回答。

从潘老师那里,我还了解到王冬在课堂上捣乱,可能事出有因。他们四(3)班一共有 41 个学生。因为学校要搞童话节,潘老师和班委一商量,决定演个童话剧《阿里巴巴和四十大盗》。但孩子们都想做阿里巴巴,不愿做大盗。想想看,大盗本来就是坏人,再加上又是群众演员,当然不愿意做了。大家都憋着劲,默默地练习阿里巴巴的动作和台词,争取有朝一日成为"阿里巴巴"。当然,大家的"功课"做在课余饭后,玩业余的,但王冬却把这事当成了"专业"。

听潘老师一说,我开始留意起王冬来。

又轮到我上"童话课"了。因为我的办公室离四(3)班有点距离,中间隔着一个小花园,所以我提前十分钟去候课了。

我来到四(3)班教室的那幢楼下。由于是下课,楼对面小花园里聚集着一大群孩子,仿佛那里正在上演一场精彩的马戏。我也凑了上去。

原来是灌木底下有条红色的毛线围巾,半新的。

"谁的?"我问。

"王冬的。"有人说。

"为什么不捡起来?"

"他要送蛇。"张亮亮说。

"送谁?"我有点奇怪。

"送蛇。"张亮亮回答。

"送蛇,谁说的?"我更好奇了。

"还有谁,呆子王冬。"

"张亮亮,不可以这么叫。"我有点不高兴。

我拨开人群,发现王冬蹲在灌木丛边,眼睛一眨不眨地盯着那条红色的围巾,仿佛在等待一只鸟儿起飞。

我拉起王冬,问他怎么回事。王冬说,灌木丛底下有个洞,洞里有条蛇,是他的好朋友。天冷了,他要把妈妈给他织的围巾送它。

多么善良的孩子。我的心为之一震。

就在这时,上课铃响了。我赶快催大家进教室,可王冬就像没听见似的,还是赖在地上不起来。我蹲了下去,摸着王冬的头,亲切地说:"王冬,蛇在午睡呢。再说你看着它,它会不好意思收礼的。我们先去上课吧,下课后我们再来,说不定,蛇就把礼物拿走了。"

"真的?"王冬眼里的那潭清泉泛起涟漪,像是被小石子激起的。

"真的!"

王冬挺直了身体,拉起我,用神秘的口吻说:"别吵,我们走吧!"他不容我分说,拖起我就走,仿佛我赖在这里会偷了他的礼物。

课上到一半,我忽然想到了王冬的那条围巾,想到下课后如何向他"兑现"。我临时想到了一个对策,要孩子们静静地坐着看书,我去图书馆借几本故事书给大家。为保持课堂纪律,我还特别强调不守纪律的不给!

我匆匆来到灌木丛,代蛇接受了王冬的围巾,又赶快跑到图书馆,把围巾一放,从图书管理员那里借来了一包童话书。

才离开了不到十分钟,当我再来教室时,发现教室里比开联欢会还热闹:有将桌凳当马骑的,有爬上桌子扮模特的,有站到讲台上玩相扑的……气得我差点晕倒。一查,居然还有四个男生不在教室里。

当我让人把他们几个叫回来时,他们都说在上厕所。多高明的回答。我只有暗暗地生气!

"何老师,教室里好像有臭气。"班长王妮说。

被她这么一说,我们还真闻到了一股臊味。教室里难道有死老鼠?

"何老师,王冬尿了!"随着响亮的叫喊,王冬的同桌陆路路捂着鼻子,像被蜂蜇了,从座位里跳了出来。

是王冬尿了。而王冬连眼也不眨一下,只是怔怔地坐在位置上。

"王冬,你怎么啦?"我问得很轻,生怕打扰了他。

"尿了。"王冬好像也有点不好意思,说得也很轻。

"那你为什么不去厕所?"陆路路一脸不高兴。

"老师说下课才去,上课不可以的。"王冬一脸认真,说这话像背口诀。

王冬是天使,甚至比天使还纯洁。我的心被触动了。

"不去厕所,就尿在这里臭我们,你这个呆——"

我冲着陆路路大咳一声,他不说话了。我轻轻地摸着王冬的脑袋,一时语塞。是的,对天使怎样说话,我也很不自信。想了一会儿,我响亮地对大家说:"王冬是天使。天使有时候跟我们不一样的!"

王冬似乎也知道我在表扬他,笑得更灿烂了。下课后,我将王冬带到办公室,从舞蹈室借来了一条裤子,替他换上。

再过一星期,我们学校一年一度的童话节就要开始了。四(3)班正在紧锣密鼓地排练童话剧《阿里巴巴和四十大盗》。

这天放晚学后,我正在办公室里改作业,听见楼下有人在喊:"蛇咬人了!"紧接着便是急促的脚步声。

我一惊,赶快冲出办公室。原来是王冬被蛇咬了。从陆路路嘴里,我明白了事情是这样的:童话剧排演结束后,王冬大概想起给蛇送围巾的事,就在灌木丛周围走来走去,看蛇是不是围着自己的围巾。这大冬天本来不会有蛇的,蛇都冬眠了,谁知这两天天热,还真有一条蛇躺在灌木丛底下晒太阳。王冬一见,高兴地趴在地上,和蛇说起话来。

"这时候,潘老师叫我去找王冬。"路路说,"我刚跑到那儿,听到王冬在问蛇喜不喜欢围巾什么的,后来就伸出手去抓它,那蛇就咬了王冬一口。王冬大叫一声,这时,蛇就溜走了。"

"后来潘老师来了。潘老师和教体育的李老师,把王冬送去医院了。"路路说起来还心有余悸,脸上挂着恐惧。

听完路路的话,我不断地问自己:对于王冬这样一个特殊的孩子,我当时替他将围巾送蛇的"童话"是不是要编?编得是不是有价值?既然编了,是不是缺少必要的跟踪和反馈?我甚至觉得是自己在某些环节的纰漏,才导致王冬被蛇咬。

我怀着沉重而愧疚的心情来到了医院。王冬正在吊盐水,右手上缠着纱布。看到我,王冬很高心地大喊:"何老师好!"

他的喊声,照亮了我布满阴霾的心。我向医院了解了情况。医生说,问题不大,咬他的不是毒蛇,是菜花蛇。冬天的蛇没劲,咬得也不深。吊几瓶盐水消消炎,隔天再换换纱布,就没事了。

"何老师,蛇收了我的围巾,为什么还要咬我?"王冬满脸疑惑。

是应该问我,因为是我告诉他,蛇会收他的围巾的。在王冬的世界里,蛇也归我们老师管教的。

"因为——因为,你是天使。"望着王冬一脸的不解,我搜刮了一下词句,笑着补充道,"蛇想把你吃了,它来做天使。"

"我这么大,它的肚子又装不下的。"王冬又"进去"了。

"就是,下次你不跟它玩了。"我也半"进"半"出"。

"嗯,天使不可以跟蛇玩的。"王冬笑得很开心,他很喜欢我叫他"天使"。

"对,天使不玩蛇!"我也笑了,为王冬的善良、宽宏和纯真……

表　　演

2002 年，我带了一个三年级实验班。实验什么呢？讲童话。

那时候我搞童话教学，像看到了虫子的青蛙，兴奋得很。不光自己，我们实验班的孩子也兴奋得很。这个月讲童话，下个月写童话，再下个月演童话，紧接着来个画童话。孩子们白天晒着太阳编童话，晚上依着月亮写童话。有效果吗？有啊。这么说吧，我们班的孩子把上厕所都说成"我的尿尿去旅行了"。

我也记不得是哪家媒体先报道的。说是有这么一所童话学校，那里的孩子个个会编童话，人人会写故事。最初，我看到报道后，高兴得半夜起来，想去感谢他们。后来，这一消息一传十，十传百，变得人尽皆知。好多好多老师，从全国各地跑到我们学校观摩童话教学。他们的表情各不相同：真诚的、好奇的、怀疑的、挑剔的……

我兴奋、紧张、激动、恐惧……当然，更多的是自豪，可过度的自豪就会导致虚荣。比如，为了虚荣心，我向前来参观的老师展示"5分钟童话"，来证明我的学生"真的有本领"。

什么叫"5分钟童话"呢？说白了，就是让那些参观的老师自拟题目，让孩子思考 1 分钟，用 4 分钟说完一个童话，且做到出口成章，记录下来就是一篇童话。

这是童话作家的水准，真有这样的孩子吗？

真有。这个孩子叫曹维杰。

曹维杰长得比一般孩子都小。11岁了,身高刚破1米大关。别看他人小,但他机灵着呢,属于那种光长点子不长个子的精灵。你若让他编童话,给他1分钟思考,还有点小看了他的智商。他即兴编的童话到什么水平呢?这么说吧,你什么时候出完了题,他在你说完最后一个字的时候,就开始编故事了。而且他编的故事,情节生动曲折、有趣好玩不说,其遣词造句也十分规范。这个小精灵,是我们班,也是我们学校不可多得的宝贝。

"曹维杰,今天有山西老师来,到时候编个童话吧。"

"曹维杰,明天有湖南老师来,你也要做好准备哦!"

"曹维杰,后天傍晚,有批安徽老师来,他们也想听你编故事。"

……

曹维杰简直就是一台故事机。不管客人给出的是几个词语,还是几句话,还是一个题目,他听完后总先老练地说:"老师你说好了吗?"等到对方确定后,他眨巴两下大眼睛,仿佛按下了播放键。于是,清新的童话开始了:"很久很久以前……""有一户人家……""从此以后……"这时候,你就会抛开所有的杂念,只是想听、想笑、想哭……

"真是个童话大王!""这是提前二十年和我们见面的诺贝尔奖得主!"老师们这样说。

每逢此时,我都感到特别光荣。

那一次,来自全国各地的一百多位老师来听我讲童话课。正式上课前,我对老师们说:"我们班有一个童话大王,曾经有人说他是提前三十年和我们见面的诺贝尔奖得主,你们想见识一下吗?"

我调整了一下曹维杰的"获奖时间",把时间推迟了10年。曹维杰现在12岁,32岁获诺贝尔奖,似乎年轻了些。推迟10年,应该比较现实,也显示我的"低调"。

台下发出一片叫好声。

我对曹维杰说:"曹维杰,站起来,给老师们展示一下。"

曹维杰像是没听见似的,不动。

"曹维杰!"我走过去,摸了下他的头。

曹维杰别了下头,噘着嘴,皱着眉,脸上写着"不高兴"。

"怎么啦?"我的脸有点热了。我俯下身,脸贴脸地说:"那么多老师看你呢?"

孩子的大眼睛里泛起了水雾。

"怎么啦?"

"何老师,我不——"

"你说什么?"

"我不想当猴子!"话一出口,他的眼睛里涌出了眼泪。

曹维杰的声音很轻,坐在后面的老师根本听不到,但我听得一清二楚。

我的脸烫得发红。

狼狈哦!我想钻地洞。我努力对自己说:"镇定!镇定!"于是,我一会儿说曹维杰今天身体不好,一会儿又特别强调他的嗓子昨天就开始哑了。幸好班里的孩子们有雅量,没有拆穿这一切。

那一刻,我突然想起《皇帝的新装》中的那个皇帝。其实他一定也发现了自己正赤裸着身子走在大街上。可是到了那个时候,他除了说自己穿着全世界最漂亮的衣服,骂愚蠢的人什么也看不到之外,还能做什么呢?

我全身不舒服地上完了课。

送走了听课老师后,我把教室门关得像打雷一样响。

"曹维杰,你今天太给学校丢脸了!"我生气地说。

"我,我……"曹维杰哭了,边哭边抹着眼泪,"每次来作客的老师,都要我编故事,我又不是猴子!"

我像被人当头猛敲了一棒,脑袋嗡地作响,我赶忙扶住了桌子。曹维杰也许被我的表情给吓着了,不哭了,可怜兮兮地看着我。

也就在这一瞬间,我忽然觉得这孩子长大了,而我变小了。曹维杰说得对,我为了自己的颜面、学校的名声,不顾他的感受,也不问他的想法。我习惯于让他唯命是从,看我的眼色行事。这还是童话吗?即使是,也是变了味的童话。

我的心像被针扎了一样难过,我一把将曹维杰搂在怀里,我在心里说:"孩子,对不起! 我这个校长、这个老师,要谢谢你,谢谢你让我明白了什么是真正的童话。"

从此以后,我不再让孩子在外人面前表演"特技"了,因为我也不想做"猴子"。

"萝卜"回来了

　　江南的雪不常下,更不用说漫天的飞雪。

　　大雪绝对堪称雕塑家。才一会儿工夫,校园里的花花草草,就让白雪塑造成了一个个有趣的造型:这边是公鸡在打鸣,那边是小狗看大门,稍远点,就能看到一群顽皮的小猴躲藏在打坐的大佛后……

　　这天,恰好是我们"小鲤鱼文学社"的活动日。才吃过午饭,48条"小鲤鱼"早早地"游"到了学校,在课前堆雪人、打雪仗。那种兴奋,那种快乐,就像过年一样。

　　如果说童话带给孩子的是快乐,那么,此时的校园不就是一个美丽的童话世界吗?

　　我真不忍心把孩子们从雪地中拽出来,但必须把他们集合到教室来。今天,我这位童话指导老师的心中,藏着一个比下雪更大的喜讯。而这个喜讯只有通过与孩子们分享,才能产生很大的意义。我从讲义夹中取出一张报纸,高高一扬,大声说:"告诉大家一个好消息,咱们'小鲤鱼文学社'的李静静同学的童话《会飞的小白兔》发表在《少年儿童故事报》上了,而且还是头版的第一篇呢!"

　　"真的?"

　　"啊!"

　　"太棒了!"

　　教室里的尖叫声、喝彩声几乎要把屋顶给掀了!

我发现,那个叫李静静的女生,她的眼里泛着泪花。

李静静是个很瘦弱的小女孩。她原本跟着在上海承包工程的爸爸,在那里的某所小学读书。去年因为她妈妈想家心切,转到我校读四年级。这孩子成绩一般,但十分喜欢看书,尤其喜欢读童话故事。听说学校建立了"小鲤鱼文学社",她便报了名。她的语文老师说,李静静上课老爱走神。尤其在作文课上,有时她会傻傻地盯着黑板,表面上在听老师讲课,其实什么也没听进去。叫到她回答问题,半天才会反应过来。

这一点,我与她的语文老师意见相左。我认为,她在课堂上绝对专心听讲,我提出的每个问题,她都争着回答。我常常见她小脸发红,小手高举,我感觉她是为童话而生的。

李静静同学发表的这篇《会飞的小白兔》,是我第一堂童话课的课后习作。那天,我就觉得她的这个童话写得有点与众不同,别的孩子的故事编得直白了点,或者说不耐看。而她的故事是这样的:小白兔出于热心,利用自己飞行的技能,摘来了星星送给一直生活在黑暗中的小老鼠。可小老鼠恰恰利用小白兔的善心,变着法子,多次从小白兔手上骗取小星星,再高价卖给别人。小白兔知道后,毅然揭穿了小老鼠的诡计,使小老鼠的丑恶行径暴露无遗。整个故事情节曲折,想象奇特,语言也很风趣,能够发表也在情理之中。

于是,我趁热打铁,对沉浸在喜悦中的孩子们说:"李静静的童话能发表,说明我们小鲤鱼文学社的写作水平棒棒的,只要大家坚持下去,我们每个同学的童话都能发表。现在,请大家往窗外看,你们看到彩色的雪花了吗?"后面的这句话显然是我将话题转向了本节童话课的内容。学生一下还没有反应过来,他们看到窗外确实在下雪,可这雪不是彩色的啊。我笑着引导:"如果真下了这彩色的雪,你想象一下,小动物们又会利用这雪去做些什么?"

到底是学童话的孩子,经这一提醒,他们恍然大悟。一个月后,有两位小社员的作品发表在湖南省的《小溪流》杂志上。

窗外又下雪了。

江南的雪要么不下,一下就是一场连一场。那天的雪是连着前一天的。不过前一天是小雪,可那会儿下大了,仿佛天上所有大大小小的云絮全被撕成片儿。一会儿,校园里大大小小的道路全铺满了雪。就在这时,我接到紧急通知:"立即联系学生家长,立即放学!"

散场比集合容易得多。才半个多小时,学校就安静了下来。我平生第一次听到下雪声,原来下雪也是有声音的。"簌簌",有点急促,还有点哀怨,仿佛他们是极不情愿地被天公抛了下来。

就在这时,电话响了,是李静静打来的:"何老师,明天我们童话课不上了吗?"

她这一问,倒提醒我明天又是周六,是我们"小鲤鱼文学社"上课的日子。我说:"我没说啊,谁说不上的?"

"你听,何老师他没说不上。"电话那头的李静静有点责怪的口吻。

"静静,你在跟谁说话?"我问。

"我妈,她说明天童话课肯定不上了。"

"哦,你妈妈为什么说不上呢?"我觉得有点奇怪。

电话那头沉默了一会,静静有点不高兴地说:"我妈说是雪大,就不送我过来上童话课了。我想这不是真正的原因——"

我竖起耳朵,想听这位有主见、有个性的女孩分析"真正的原因",可接着电话里传来一个委婉、客气的声音:"何老师,我是李静静妈妈。静静这两天身体不大好,下雪天天太冷,明天童话课我们家静

125

静就请假了……"电话那头，传来静静响亮的反抗声："你撒谎，我没病，我要上童话课去——"

电话断了。很显然，是静静妈妈挂的。

我听出来了，李静静妈妈强烈反对她女儿参加"小鲤鱼文学社"的课程。

就在这时，我想起一件事。那一天在学校门口，我碰到静静妈妈。她主动对我说："你就是何校长啊，我听我们家静静说，你教她们这帮孩子写童话很有方法，既有趣，又有效果。我家静静能参加您这个文学社，真是三生有幸啊！静静说，何老师教作文，是一步一步来的，先教童话再教应试作文。"静静妈妈很会说话，但我还是听出了她的弦外之音，那就是学写童话并不重要，真正重要的应该是让她女儿学写应试作文。

我笑笑说："谢谢您，我也没您说的那么好。"我想了想，问："不过我想问您，让静静写童话不好吗？"

"好也是好的，但写童话毕竟不能帮助考试。我表哥也说了，考重点初中都是要写应试作文的。"静静妈妈急切地说了下去，"上重点初中差一分就是一万块钱，作文是最能提分的，当然也是最容易失分的。"她说得现实、实在，让人无法反驳。

我本来想好了一大串理由，诸如童话符合儿童天性，童话释放儿童生命活力，童话开启儿童智慧，童话激发儿童想象等，但面对静静妈妈如此实打实的回答，我觉得要说动她并不容易。

我嗯嗯地敷衍着，逃似的躲开了静静妈妈。

第二天，雪后的天空艳阳高照。我们"小鲤鱼文学社"照常活动，但社长李静静没来。我对孩子们说她病了，但边上有位和李静静做邻居的男孩气呼呼地说："她装的，中午我还看到她和她妈妈上街

校长优先

去了。"

　　男孩这么一说,有人立即说撤了李静静的社长,我们"小鲤鱼文学社"又不是她想来就来,想走就走的。我强压着不快,向孩子们说着"我们要学会宽容别人"。

　　两节课以后,孩子们回家了。往常我总是利用这段时间,修改文学社的孩子刚刚写完的童话习作。可这一天,无论怎样,我的思想都不能集中。耳边不时回响着李静静妈妈柔和的声音,还有李静静声嘶力竭的反抗声。

　　就在这时,楼梯口传来了急促的脚步声。"这么晚了,哪个学生忘带了东西?"我拉开了办公室的门。

　　是李静静。她红着小脸,气喘吁吁地跑过来。

　　"静静,你这是怎么回事? 都这么晚了。"我赶快扶住了她。

　　静静大口大口地喘着气,好半天,总算平静了下来。她用大大的眼睛望着我:"何老师,你有没有哭啊?"

　　"没哭啊!"我被问得一头雾水,但还是十分真诚地回答她。

　　"你真勇敢!"静静警觉地望了望四周,"何老师,我告诉你,我妈给教体委写信告你去了。"

　　我一怔:"唔,你是怎么知道的?"

　　"我妈刚才在电话中对我爸说的。"静静说得一本正经,"我听到的,她说前两天就写了信告你,说你不教学生好好写作文,害得学生考试成绩直线下降。她简直就是瞎说,上次我没考好试,还不是她叫我背了一个晚上的作文,我都困死了,考试时就睡着了,又不是写童话造成的。她还对我爸说,教体委肯定要处理你了,说不定会撤你职,让你走人。何老师,您不会被调走吧!"

　　静静的话像是巨石,压得我有点透不过气来。望着天真的静静,

127

特别是看到她眼里噙着的泪花，我忽然又觉得如同置身于一个清澈的大湖旁，那样的纯净、安宁、赏心悦目。

"不会的，即使被调走，我也会回来的。你还记得我给你们讲过一个童话吗？说小白兔把萝卜送给小猴，小猴又把它送给小熊——"

"是的，我知道，这个故事是《萝卜回来了》。"静静笑了。我也笑了："是啊，萝卜还会回来，何况老师长了腿呢！"

我和静静都笑了。

毕竟是孩子，她说完了，就甜甜地跟我说再见。她还说，下星期，她一定要参加"小鲤鱼文学社"的课，她最想上的就是我的童话课。我和她拉了钩，约定下次课上，我再给她们讲一个我写的童话。

可是我也和静静一样天真了。周一，静静没来学校读书。班主任老师去她家家访，发现她家大门紧锁着，打静静妈妈的电话也不接。这是怎么回事？后来问了村干部，村里的干部说："李静静和她妈妈去上海了，她不再到金近小学读书了。"

静静的班主任觉得十分奇怪，再过一个星期就要大考了，一向重视孩子学习的静静妈妈怎么会在这个时候转学呢？可是我觉得并不奇怪，当然我这话不能对她说，我也不想在这个时候对学校任何一个老师说，我怕影响了大家对童话写作的信心。周六，我照样教孩子们编童话，乐得孩子们一个劲儿地缠着我："再上一节课！就一节！"

那天，是学校期末考试，我接到了教体委的电话。不过，不是领导打来的，是李静静妈妈的表哥。他在电话中对我说了无数次抱歉，怪他没有劝住他表妹，让静静转了学。我说都转了，也好的，换个环境对人的成长也有好处。

那科长在电话那头，有点不好意思地说："静静这次在上海的学校里考试，语文考了个全班第一。那里的语文老师说，这孩子写的想象作文令人叫绝,说只有经过专门训练的人,才能写出这么好的童话作文。他们班上其他孩子根本写不出来。我表妹开始后悔转学了,静静又哭着闹着要到你这里上学。我表妹知道自己理亏,再也没有脸面来对你说,所以只好请我来说个情,让静静下个学期能够继续到你这里来上学。实在过意不去,请你多多包涵!"

就这样,李静静又回到了我们学校。

那天是新学期开学第一天,除了李静静,还有静静妈妈、爸爸以及她奶奶都来到了我办公室。静静妈妈显得心情沉重,她几乎是从进门到出门,话讲得最少,头低得最低的一个。她只讲了一句话,而且声音很轻:"何校长,我对不起您!"

这么一个口若悬河的人,今天才讲了这么一句,但足够了,因为是发自内心的。

"哪里,我可以理解您。"我笑道,"其实您和我们老师一样,都希望孩子好。"

静静叫着"何老师",仿佛打了个胜仗似的,不无自豪地望着我笑。那笑,像是无声绽放的花瓣,一层一层,夺目、亮丽。我轻轻地拍着她的肩膀,笑道:"静静,萝卜——"

"回来了!"静静跳起来喊道。

讲　　话

　　老师当中,什么老师讲话最多,语文老师? 数学老师? 班主任? 都不是。是校长老师! 校长老师要对学生讲,对家长讲,对所有老师讲,对食堂阿姨讲,对门口保安讲……在这么多讲话对象里,对谁讲最难? 老师? 不是。家长? 不是。各行各业的成人? 也不是。不用猜了,告诉你,是学生。

　　老师也好,家长也罢,他们毕竟都是成人,和成人讲话,对方赞不赞同那是另外一回事了,至少对方能听懂你在讲什么。可是跟十来岁甚至七八岁的孩子讲,特别是在大会上,面对成百上千个从一年级到六年级的孩子讲,你不好好动动脑筋,孩子们还真不知道你在讲些什么。

　　每年的开学典礼,我都要花一周的时间,将新学期的希望和要求转化成孩子能够听得懂、听得了的故事。

　　下面是 2007 年开学典礼时我的讲话,主题是“小事不小”。

　　同学们,如果我问大家:“你是大人还是小孩?”同学们一定会笑歪了嘴:“这也要问,我们当然是小孩了。”是的,你们说的一点都不错:个子小、年纪小、力气小,你们是标标准准的小男孩、小女孩。正因为我们是小孩,所以有很多事我们都做不了,比如说我们不会建大楼,我们不会造大桥。但我们可以去做许许多多能做的小事,再说做小事的意义可大着呢! 我给同学们讲个故事。

有个叫福特的人,他去一家汽车公司应聘总经理职位。和他一同应聘的三四个人学历都比他高。当前面几个人面试之后,他觉得自己没有什么希望了。但来也来了,就去试试吧。他敲门走进了董事长办公室。一进办公室,他发现地上有一张纸,就弯腰捡了起来,发现是一张脏了的废纸,便顺手把它扔进了废纸篓里。然后他才走到董事长的办公桌前,说:"您好,我是来应聘的福特。"董事长说:"很好,很好!福特先生,你已被我们录用了。"福特惊讶地说:"董事长,我觉得前几位都比我好,您怎么把我录用了?"董事长说:"福特先生,前面三位的确学历比你高,且仪表堂堂,但是他们的眼睛只能看见大事,而看不见小事。你的眼睛能看见小事,我认为能看见小事的人,将来一定能看到大事。你会成功的,所以,我才录用你。"福特就这样进了这家公司。这家公司后来扬名天下,生产的汽车也成了世界名车。他就是美国"福特汽车公司"的创始人福特。大家说,这张废纸重要不重要?其实一件小事可以成就一件大事。反之,一件小事也可以坏了一件大事。

可能有的小同学想问,我想做小事,可小事都在哪里呢?不急,老师给你介绍几个寻找小事的地方。

小事在广场。你看广场地面有不该有的纸屑吗?这就是小事,你会弯腰捡起吗?如果你捡起了,你就做成了一件小事。

小事在走廊。在拥挤的走廊里,你能主动靠右让他人行走吗?如果会,你又做成了一件小事。

小事在教室。当你看见教室里散乱的课桌时,你能主动收拾整理吗?如果能,祝贺你又做成了一件小事。

小事在电灯开关上。大白天,你看到教室里还亮着灯,或者马上要离开教室,可灯还亮着,你会按下开关吗?如果会,恭喜你又干了

131

一件漂亮的小事。

小事在餐厅。当被人遗忘而没被关上的水龙头正在哗哗地流水时,你会主动将它拧紧吗?如果会,一样得感谢你,你又做成了一件小事。

小事在课堂。当你看到同桌忘带课本时,你会将自己的书移到课桌中间和同桌共读吗?如果会,你做成了一件小事。当发现同学不认真听课时,你能及时提醒吗?如果会,表扬你又做成了一件小事。

小事就是你对老师的一声问好,小事就是你对客人的一句招呼,小事就是你订正了一道错题,小事就是你有秩序地上了一次车或有教养地让了一次座,小事就是你不小心碰了别人时说一句对不起,小事就是很潇洒地说一句没关系。小事实在太多太多,多得就像天上的星星。做一件小事,你就拥有一颗星星,谁做的小事多,谁拥有的星星自然也多。慢慢地,你会发现小事做得越多,你拥有的快乐越多,健康越多,幸福越多。不光是你,你的爸爸、妈妈以及一切同你生活的人都会同样感到幸福的。

同学们,我们一起约定,从今天开始,比比看谁找的小事多,谁做的小事多。哪个班级找到的小事多,哪个班级做的小事多。新学期开始,我们学校所有的老师送大家一句话:小小的你,去做小小的事!

特别说明,我讲话是不看稿子的。看稿子讲,那是读稿,或是念稿,不算讲话。

下面这次讲话,是在 2008 学年春季学期开学时进行的,主题是"我,又长大了"。

当春风弟弟长成秋风哥哥,当小花妹妹长成果子姐姐,我们也升了一个年级。一年级的同学们也从幼儿园的小朋友变成了学校里的小学生。

开学了！学校来了新老师,班上来了新同学。还有新学期、新年级、新书本等,新东西实在太多太多了。

提升了一个年级的同学们,新学期在想些什么,干些什么呢?

我猜,同学们肯定在想:千重要,万重要,生命最重要。

同学们知道这世界上什么东西最贵,黄金吗? 黄金是宝贵的,可生命比黄金还宝贵。同学们知道什么最容易破碎吗? 玻璃,玻璃是容易破碎的,可生命比玻璃还容易破碎。这么宝贵却又这么容易破碎的生命,同学们一定要好好地爱惜起来。可是,你知道吗,有一个叫"事故"的坏蛋天天跟着你,它可能在你上学放学的路上,它可能在你洗澡的江河里,它可能在你爱吃的零食里,它也可能藏在插座里,等等。所以呀,我们一定要千方百计、小心翼翼地保护好生命,让"事故"这个坏蛋没法接近你。万一不幸遇上了,大家要动动脑筋,用老师教过你,大人告诉过你,其他地方学到过的方法解救自己,把"事故"这家伙甩得远远的。我相信你们会的,因为你们长大了。

我再猜,大家还会这么想:花好看,歌好听,世界多美好。

对啦,这美好的生活都是我们的长辈们用他们的心血和汗水创造出来的。为了我们能享受美好,过上舒适的生活,他们一直这样默默地做。所以,我们一定得好好地感谢他们。感谢驾驶员,为我们提供平安的出行;感谢保洁工,为我们冲刷出洁净的厕所;感谢门卫,为我们把守着敞开的大门;感谢厨师,为我们烹调出可口的饭菜;感谢老师,为我们指引着灿烂的前程;感谢父母,为我们奉献着赤诚的生命。

当然,除了说声谢谢,我们还要拿出实际行动,要特别珍惜他们的劳动成果。比如说,我们不能乱丢纸屑,不加重保洁员的工作负担;再比如说,我们要遵守坐车纪律,不影响驾驶员工作;还比如说,我们要勤奋好学,少让老师为我们操心。我相信你们会的,因为你们长大了。

我还会猜,大家一定会这么想:新年级,新知识,我一定要学到新本领。

是的,不光是你,还有你的爸爸、妈妈、爷爷、奶奶,以及我们全校老师,都希望你新学期有新长进,学到新本领。也许之前,你学得不好,长进不多,本领不大。现在都不重要了,重要的是在新学期里,大家一定得好好学习新本领。那么新本领在哪里呢?新本领藏在教室里,等待着你去寻找,去亲密接触;新本领藏在你的书包里,等待着你用心去看,去读,去亲切交流;新本领躲在图书馆里,等待着你去爱,去品,去亲自会见。

新本领还在学校的草坪里、围墙上、水池旁、长廊下、小道边、石堆中。新本领还混在学校组织的一次次活动中,一场场比赛里。亲爱的同学们,只要你用心去找、去学,新学期里,你一定会有新收获。我相信你们会的,因为你们长大了。

好了,就说这么一些。下面让我们一起宣布:开学了!

再提供一篇吧,那是 2009 学年春季学期开学典礼上的讲话,那次讲话的主题是"我会行礼了",是关于礼仪教育的。

前些天,夏天弟弟对秋天姐姐行了个礼,说:"秋天姐姐,欢迎你来上班!"秋天姐姐也向夏天弟弟回了个礼,说:"夏天弟弟,你都上了一个夏天的班,该去休息了。"就这样,夏天弟弟回家去了,秋天姐姐上班了。秋天姐姐的风一吹,天气一下变凉了,学校开学了,我们小朋友们便高高兴兴地上学了。

这个故事好听吗?说到故事,我再给大家讲一个。

北宋时期有个叫杨时的人,他学习非常刻苦。虽然他的知识很渊博,但是他还是不满足。于是,他就决定去拜一个叫程颐的人为师。那是一个大雪纷飞的中午,他到了程老师的家门口。这时,程老师正在屋里睡午觉。于是,杨时就站在门外等候。雪越下越大,为了不打扰老师,他仍然耐心地等候在门外。等到程老师醒来走到屋外一看时,杨时都成了"雪人"了。程老师问他为什么会变成"雪人",杨时就把事情一五一十地说了一遍。程老师不禁惊呆了。他心想:这孩子是多么有礼貌呀!我一定要收他为我的学生,好好地教!于是,程老师忙叫他进屋来,杨时赶忙向老师行礼、请教。后来,杨时成了有名的大学问家。

这个故事告诉我们做人要有"礼",有礼的人会有很多的朋友,会得到很多很多人的喜欢,将来能过上幸福美好的生活。那么,这个"礼"在哪里呢?下面老师就和大家一起来找找"礼"。

我想,这个"礼"就在你的嘴上。

生活多美好,美好的生活都是靠一个一个的人创造出来的,所以我们首先要用语言来表达我们的"礼"。比如说,每天能对辛辛苦苦抚养我们的爸爸妈妈问个好,这就是"礼";向勤勤恳恳教育我们的老师说声谢,这就是"礼";向兢兢业业服务于我们的食堂炊事阿姨、卫生间保洁阿姨、门卫爷爷道句辛苦了,这同样是"礼"。

我还在想,"礼"就在你的行为上。

我们能过上如此美好的生活,其实我们应该好好地感谢一些不会说话的事物,像阳光雨水、花草虫鱼。因此,我们应该用自己的双手向这些不会说话的朋友行礼。比如,你能将你自己用过的垃圾或者你从地上捡到的垃圾放到指定的地方,帮助不会说话的垃圾找到家,这也是"礼"。又比如,教室的桌椅歪掉了,你能及时将它们扶扶正，这也是"礼"；电视机上有灰尘了，你能给它们擦擦身，这也是"礼"。再比如，校园里的小树小草小花正在生长，你能抽空给它们松松土、浇浇水，这同样是"礼"。

我还在想："礼"其实还在你的心里。

藏在心窝窝里的"礼"叫"心礼"。比如说，班级图书角有一本新书，你很想看，可是别的同学也喜欢这本书。这时你想想看，你喜欢的可能也是别人喜欢的，那怎么办？如果你能主动让给别人，这就是"礼"，用心行的"礼"。再比如，在餐厅就餐，有两个餐盘，一个是新的，一个是旧的。你喜欢新的还是旧的？当然是新的，那么别人也想用新的。很多时候，自己不要的东西，别人也是不要的。那怎么办？如果你能主动要求用旧的，这就是"礼"，同样是用心行的"礼"。

好了，就说这些吧，我希望每个同学在新学期里，都去找"礼"、行"礼"、播种"礼"、收获"礼"。让我们学校的每一个同学因为有礼而更加招人喜爱，受人欢迎；让我们的校园因为有礼而更加美丽、更加整洁；让我们生活的任何一个地方，因为你有礼，而更加温馨、和谐。

同学们，你们会行礼了吗？

一起说："我会行礼了！"

校长优先

律己

笨　　人

我很笨。笨人先做事，这话仿佛也是诗。有个著名到人尽皆知的词语叫"笨鸟先飞"，听着也颇具诗意。

1998 年的金近小学，不对，那时候不叫金近小学，叫四埠小学，是很宁静的，宁静得只听得见心跳。

太宁静不好，我要改变它。

后来机会来了。上虞要搞纪念金近先生逝世 10 周年的活动。我很不要面子地上蹿下跳，说动了浙江省儿童文学创作委员会和上虞市少先队工作委员会，成立了上虞市金近儿童文学院，想在纪念活动当天请嘉宾到我们学校搞个揭牌仪式。

时间有点紧，8 月 18 日就要搞仪式，只有两天时间准备。对于学校来说，8 月是个拿不出手的月份。你想想，人家到学校看什么？对的，看学生、老师。可 8 月有学生或老师吗？这还不算，最让人难堪的是，8 月的学校在搞维护，这边是粉刷外墙内屋的，那边是维修破旧桌椅的；这里是花工在修剪花草，那边是泥匠在平整道路。那个乱啊、吵啊、脏啊，让人不忍目睹。

活动前，教体委来了个科长，瞟了四周一眼，便说："我看你还是别搞了，这个场面，有伤我们系统形象。"

"没事的，两天，我会让它变得眉清目秀的。"我说得挺容易，像拿块毛巾擦把脸似的。

科长走了，他知道无法让我改变主意。

剩余的两天，我们集中精力搞美化。才两天，我们就把校园打扮得像白雪公主。

科长来了，兴高采烈地表扬了我。活动很成功，因为跟上虞各界纪念金近逝世的活动连在一起，人也来得特别多，学校也热闹非凡。不光当天，活动结束后，电视、广播、报纸等还让我们学校不间断地"热闹"着。

在一片兴高采烈中，我扎扎实实地生了一场病。

这场病生完后，上头同意我们学校更名为金近小学。好多好多的领导、老师走进了金近小学；好多好多的诗人、作家来看金近小学。我们的"童话"就这样闪亮登场了！

2003年，我感觉很好地做着校长。

那一天，我刚刚获得了上虞市名校长称号，虽然级别不高，但毕竟全市只有我一位小学校长获得了这个荣誉，感觉好得差点飞起来。

电话也贺喜似的响起，是市教研室阮珠美老师打来的："何校长，先祝贺你获奖！"

"谢谢，接着说事吧！"我感觉很好地说。

电话里传来阮老师喜盈盈的声音："下周我们教研室想在你校开一个童话教学现场会，不知可不可安排。"

"热烈欢迎，一点问题都没有！"

阮老师在电话里说："届时，除了让我们全市语文老师现场了解你们的童话教学成果外，你们学校还要出一节童话写作课。"

"好啊，我来上课好了。"我不假思索地说。

"我看不行，到时候你很忙的呢！"阮老师补充着，"100多个语文老师进来，你要顾及的环节太多，还有精力去上课？选个语文老师好了!"

"我选我这个语文老师。"

"何校长,不要开玩笑了。"阮老师一本正经地说。

看来,我不一本正经地说都不行了。"阮老师,我不是开玩笑。我本来就是个语文老师,当校长七八年了,几乎没有上过市级层面的公开课,再这样下去,我怕自己以后真不会上课……"

"你校长当得那么有名,不会上课也没事的。"

"那不行,当校长是暂时的,要是以后不做校长了呢,我还能教学生? 即使还当着,我觉得也应该是一个会上课的校长。阮老师,我恳请你给我这次上课的机会!"

阮老师在电话那边笑得像开了一树花:"好的好的,你这个校长真的跟别人不一样,人家千方百计地推,你是想方设法地揽。"

"人家是胸有成竹,我是腹中草莽啊。"我一直这么认为。

后来,我上了《新龟兔赛跑》童话写作指导课。课一上完,大家向我"开炮",有几发直击要害,让我一辈子都得记住。直到今天,我从心底里感谢阮老师能让我上课。

我到全国好多地方去讲课,经常有老师说:"不听介绍,我们一直以为您就是一个语文老师,您的课堂没有一点校长腔。"

我庆幸,我是一个上课的校长。我上课的时候,没有校长腔。幸好我笨!

2005 年,我打算第二次编写童话校本教材。第一次编写是 2002年,那时我们的三册教材分别以其中某一篇童话命名。这次,我提出直接就用"童话"两字。而且,由原先的低中高年段各一册改为每一个年级各一册。

刚布置下去,有位很要好的朋友打电话给我:"别编啦,最近有人认为多读童话的孩子不容易长大。你还是过些日子再说吧。"

我说："长不大有什么不好，我还巴不得自己也长不大呢！"

我们照编，而且找师大教授一起编，编得特别好；照印，找了一个企业家赞助，装帧设计得跟语文教材一样精致，印得特别好；照用，不光我们学校用，全国至少有100多所学校也在用，一直到今天。

前两天，有个编辑朋友打电话给我，约我出本童话写作方面的书，问我一年时间够不够。我说半年可以了。他说你写得那么快啊。我说，我写得够慢了。他不明白。我告诉他："不瞒你说，我这本书是从2005年写起的。"于是，我把第二次编童话校本教材时，我就着手在写这方面的书的事跟他讲了一遍。听后，他直夸我是"奔跑的蜗牛"！

你是不是觉得，我这个人很笨！

校 长 除 外

我记不得从什么时候起,大概是二十年前了吧,上面规定要对每个老师进行年度考核,一年一次。考核也算一种督促,可还要从中评出百分之十的为优秀,这就有点让人为难了。

被评为优秀当然开心,更何况每位优秀教师都能得 500 元的一次性奖金。想想吧,二十来年前的 500 元,很值钱的。被评为优秀了,还有摸得着、看得见的奖励,自然是好事。可评不上的呢? 伤不起啊! 不是在一个学校教书吗? 还在一个锅里吃饭呢! 你做了那点活是优秀的,我怎么就不优秀! 那好,明年起,苦活重活就你优秀的去做。

我为摆平此事,可谓费尽心思,方法用遍。虽说老师们没有太大意见,但见到那些兢兢业业工作的老师,我却不能让其体面地当优秀、领奖金,心有不安,仿佛欠了他八辈子的账。

2007 年元旦前一天,考核刚刚结束,数据还没有上报给教育局。办公室主任对我说:"校长,你在这里签个字。"他把我的年度考核表放到我的桌子上。

这个考核表我前两天就填好了,还要我签什么字?

主任解释道:"是这样的,你从来没评过优秀,这次我们考核组商量了一下,评你为优秀。"

我笑笑,说:"你们考核组,除了我当组长的那个,你们还有另一个考核组吗?"

"那没有。"

"那就是说我们考核组。"我看了看我的考核表,在我之前写的"合格"二字后,加了一句:"经考核,推荐其为'优秀'。"我笑道:"我一直以为我是组长,原来在我之上,还有一个组长。请问这个组长是谁啊?"

我这一说,主任赶紧解释:"别误会!别误会!是这样的,我们考核组的几位私下里商量,觉得你一年到头全身心地扑在学校里,可是每次考核你总是填合格,我们觉得你太吃亏了。再说,这个优秀也不是没有理由的,完全是根据考评结果,你是第一名。"

我很动情地说:"感谢你们为我着想。但是,这个优秀我真不能报。"

"为什么?考核面前人人平等。"

"不为什么,这个考核细则是我主导制定的。"我把表格还给主任,把话说得像板上钉钉,"这个制度,校长除外!"

2015年,我动用了我的人脉资源,找到几位要好的亲友,设立了一个奖励老师的基金,数额还不小。

那一年的教师节,老师们欢天喜地。不光是教体局来看望他们,也不光是镇里的领导来慰问他们,关键是在这些领导握手再握手,问候再问候以后,他们每人都领到了一笔不菲的奖金。

看着老师们欢天喜地,我也很享受。

"丁零零——"那一天的电话也仿佛在唱歌,是财务室小叶打来的:"校长,到我这里来领钱吧!"

我问:"什么钱?"

会计说:"名师补贴啊!"

"我也有名师补贴吗?"我问。

"有啊!你也是2000元。"

我放下话筒,来到了财务室,翻看小叶桌子上的奖金发放清单。在一张小工资单上,清清楚楚地写着我们几位名师的名字,名字的后面,跟着一排清清楚楚、整整齐齐的阿拉伯数字"2000"。

"这个表是谁给你的?"

"办公室主任李丽萍!"

我把李丽萍叫到办公室,把表递给她,问是不是她制表的。李丽萍很肯定地说:"是啊,有什么错了?"

"其他没错,我错了。"

李丽萍瞪大了眼睛,一会儿她笑着说:"错了,错了,少写了,你的少写了。你是省特级教师,我还是按区级名师给你写了。省名师应该发 5000 元。"

"什么两千五千的。"我有点不高兴,"你还是我的办公室主任,一点都不理解我。我能和你们这些名师一样拿这个奖励吗?"

"为什么不可以拿?"

"因为我是校长。"

"这个基金本身就是你筹集的。再说有奖励制度啊!"

"制度谁定的?"

"学校经过民主商议,最后校长办公会议决定的。"

"对了,因为是校长办公会议决定的,所以校长必须除外。"我望着很不以为然的李丽萍,认真地说:"钱,我也要,但我更要在老师们心目中的形象和威信。谢谢你的好意,麻烦你把这张发放清单改一下,将我从中删除。这是对我最好的奖励。"

李丽萍走了,似乎也懂了。

我记得那天的阳光也是特别灿烂的。

那一天是 2015 年的 9 月 10 日。

校 长 优 先

1998年，我当校长当得特别认真。教体委有个领导在大会上提倡学校晚办公，我想也没想就坚决执行了。

为了不兴师动众，我安排了五位学校干部晚上办公。可一周有七天，无论如何也安排不好。办公室主任对此很苦恼，问我怎么办。

我说这简单，给我再排两天不就行了。主任说，再加两天，那你不是三天了吗？

我说，叫你晚上办公，又不是晚上站岗。我就三天吧，不就是利用晚上的时间在学校看看书、备备课、写写文章吗？这些都是一个老师本来就要做的事。说起来还是在揩公家的油。

"揩公家的油？"

"你想想，你在家里看书、备课，要不要点灯？弄不好还要喝口茶水吧？"

"是哦，照你这么说，还真是哦。"

"就是嘛。告诉其他几位，如果他们家有什么事，我可以代他们的。这个事就校长优先了。"

这个制度，从提倡到最后取消，我们学校坚持了10年。我一点也不后悔，这10年间我们几位学校领导之间的感情更深了，在广大教师心中也树立了形象。也正是这10年的晚上办公，让我能静静地反思我在"童话育人"实践中的得与失，从而完成了从童话写作到童话教育,再到童话育人模式的建构,做了一件自己想想都自豪、激动的事。

再说一件事。

做课题,对于广大教师来说,是一件听起来头疼,做起来头大的事情。一个小学老师,有多少课题研究能力? 其实不要说能力,连精力也没有! 一天一共才6节课,至少要上4节课,还要兼班主任。这个主任是所有主任里最难当的主任,不夸张地说,你甚至得学会给孩子擦屁股。有几个一年级的孩子,上厕所半天不出来,你紧张地进去一看,他正在大哭,因为没带手纸也不知道如何擦。这时候他会哭爹喊娘,你擦不擦? 一天下来,你搞课题的热情早就被耗尽了。

可是管理课题的也难。他们如果不催着你交课题,那学校的教育科研就难以发展了。你忙就不做科研了吗? 不行,年度考核"考"你没商量。

这不,教科室主任很为难地对我说:"校长,今年上级在我们学校的年度考核中设置了有关课题的考核分。要是没有省级课题,那直接扣5分。这5分扣下来,我们学校差不多一年的努力就泡汤了。"没等我开口,主任很为难地说,"我已在我们平台上发过好几次文件了,就是没人申请课题。"

"没有人报,那就我报好了。"我脱口而出。

主任很为难地说:"你已经有一个了。"

"没事,校长优先。"我说得很轻松。

这句话我是2005年说的,仅仅过了两年,跟着我做课题的老师都有了收获:发了文章,还评上了课题奖。忙是忙了点,但时间像海绵里的水,挤挤总是有的。于是,有很多老师学习我,也申请了一个个课题。一所小小的农村小学,竟然立项了一个又一个课题,发表了好多好多的研究文章,还获了好多好多的奖。省里有关部门的领导来到我们学校实地调研、量化评估后,我们学校荣获了"浙江省教科研先进集体"称号。那是 2009 年。

再讲一件关于"校长优先"的事吧。

学校门口有个卖零食的小摊,长期无证无照经营。为了学生的食品安全,分管这块工作的少先队辅导员多次和摊主协商,希望对方能撤了这个摊。可摊主犟得像头牛,根本不把他的话当回事。其实,这件事一点都不难解决。摊主是无证无照经营,向工商局举报就行。可是,我们不能,确切地说是我们不敢。因为,这个摊主的亲戚在当地是个有头有脸的人。

少先队辅导员也知道这层关系。但他年轻,而且他爱学生胜过爱他自己。在几次劝说无效后,他便向工商局举报了。工商局收到举报便立马派了人,当场没收了摊主的所有零食,还警告他下次如果再犯,不但要罚款,还要请他进派出所。

等工商局的人一走,气急败坏的摊主便操起一根棍子,翻墙进校,要找少先队辅导员拼命。他的叫骂声震耳欲聋,把一群在玩游戏的小朋友吓哭了。

当时,我正在学校巡视,一见到这情景,赶快对他说:"先冷静,有事好商量。"

对方冲着我问:"那个瘦猴呢?"

我知道他是问少先队辅导员,他长得有点清瘦。

他这一说,我猜到了事情的大概,肯定是辅导员去举报了。

"他开会去了!"我撒了个谎。

"他有本事去举报我,却没胆量出来见我?我今天就等在这里,和他拼了。"

"是我举报的。"为了让他相信，我还随口报出了一串电话号码，我拍拍他的肩膀说："如果你觉得确实受了损失，你说要多少钱，我给。"

这时，学校老师都赶来了。大家说的说，劝的劝，终于把摊主的怒火给平息了。

后来，少先队辅导员对我说："校长，这事是我举报的，你为什么说是你？他会记恨你的。"

我说："你为了学校，为了孩子，已经挺身而出了，我再也不能给你增加负担了。要记恨我也没办法，我是校长，这种事，校长优先！"

这件事发生在 2012 年。

拒　　邀

那是 2015 年的事了。

快放暑假的时候，我接到一个电话："是何校长吗？我是未来镇的沈明。"

沈明是这个镇负责教育的副镇长。我在一次活动当中和她有过一面之交，没想到她居然亲自给我打电话。

"沈局长好！"我礼貌地说。

"何校长，下午在学校吗？"

"在的。沈局长。"

"下午我想去您办公室，方便吗？"

"热烈欢迎呢！"我依然礼貌地说。

下午，其实也是电话挂了不到半个小时，她就到了我学校，一个人，没有办公室主任之类的同行者。

这么急，不知有什么要事。我前后左右想了个遍，想不出个所以然。

"是这样的。"当干部的女人都是雷厉风行的，人还没坐定，就说开了，"何校长，我今天到您这里，是想聘请您到我们未来新城小学当校长。"

原来如此。

一会儿，我就听明白了。未来镇成为未来新城的一部分以后，新城管理委员会决定文化兴城。学校文化是他们确定的重点。新城投资了几个亿建造小学、幼儿园。这还不算，他们还出高薪，出几倍于公办学校的年薪，在全省公开招聘校长、园长。

重赏之下还真有勇夫。初中招到了一名优秀校长、特级教师，之前是某城市学校的一位校长，刚退下来。新城管理委员会当即和这位校长签订了合同。一年后，五十万年薪发挥了作用，这所初中的教学质量据说一下名列前茅了。

新城管理委员会很高兴，他们决定乘胜追击，把小学校长也给招了，而我便是他们的目标人选。

沈局长讲完了话，好像完成了一件大事，放心地喝着我送上的茶。

金近小学创办至今已经二十年了。二十年是什么概念，二十年是足够一个孩子从牙牙学语到青春年少的时间。我早就说过，离开金近小学，我将魂不附体。我笑着对沈局长说："谢谢沈局长对我的信任，未来新城有这样大的手笔，打造学校品牌，真令我感动。但我深知自己不才，我像一头老牛，耕耘金近小学差不多用尽了我一生的精力，我再无能量和精力为新城效劳。抱歉了！"

沈局长见我心静如水，也不便多说，礼节性地留下了一份招聘广告就回去了。

我以为故事到此就结束了，可没有。

过了几天，门卫打电话上来，说是未来新城有个人来找我，我让门卫把电话给他。来客说他是新城社会事业局局长陈前，说是想到我这里坐坐。

局长进来了。

"何校长，我今天的来意也许您也知道。我们还是想聘请您去当

151

校长。"和沈明副局长一样,陈局长也是直截了当地说明了来意。其实也对,去和一个不熟悉的人"谈业务",你除了直截了当,还有什么可拐弯抹角的?

"哦,谢谢陈局长。"我递上了茶,"前两天,沈副局长也来找过我了。真的感谢你们。说实话……"

"何校长您能不能听我说。"局长没等我说完就继续讲了,"我们从各个渠道,了解了您对金近小学的感情。这样好不好?金近小学的校长人选,由您选定,可保金近小学长远发展。您想想,您已年过五十了,按照上虞教体局的校长任命期限,再三年,您就到了退职年限。那时,接替您的不一定是您想要的。而现在,只要您答应出任我们新城的校长,这个人选的问题,由我们新城党委出面去落实。您就当作退职了。"

是啊,这么优越的条件啊,我被说得蠢蠢欲动了。

"陈局长,这不会是童话吧!"

"只要您到我们那里创神话,我们就帮写童话。"陈局长喝了茶,越说越兴奋了,"还有,考虑到您要来我们这里开展工作,您还可以带一个助手过去,担任新城小学副校长。不过话要讲清楚,副校长的工资、奖金等还是按现在的标准。"

"这个不是主要问题。"我说,"如果没有多给奖金,我倒用不着这么瞻前顾后。"

"为什么呢?"

"您替我想想,我是历届上虞道德模范人物。人家为什么评我为道德模范,不就是因为我一辈子守在偏僻的农村小学,默默无闻吗。现在我也冲着高薪去了,这不是让人家在背后指指点点吗?"我是个一激动就说真话的人。

"这不是很简单的事吗?"陈局长毕竟是局长,脑子就是灵光,"把我们给您的年薪分出一部分,在金近小学设立一个奖励基金得了。"

这个办法倒是好。我兴奋地说:"那就设个何夏寿童话教育奖励基金!"

谈到这儿,陈局长从提包里取出一份合同,递给我:"那咱们就签个合同吧。下周开始,您到我们新城小学上班。"

"报告!"进来的是三(1)班的童话课课代表,"何老师,下节童话课要写童话吗?"

我这才想起,下节我有课。我一边回答着学生,一边对陈局长说:"不好意思,我马上要上课去了。合同就放在这里,到时候我签好后给您送去。"课比天大,我一边说一边拿起一本书,要往教室走。

陈局长见状,笑道:"名师就是名师,那我就等您上完课再签。"

我在走向教室的路上,望着校园里的花花草草,心里产生了一种莫名的留恋。来到金近先生坐像前,突然眼前跳出"叛徒"两字。随后,电影里一个个嘴上信誓旦旦,说一套做一套的叛徒形象,接二连三地出现在我眼前。那节课,我自然上得语无伦次了。

陈局长一直热切地等着我回到办公室。

我不好意思地说:"陈局长,这个合同我还是不签了。请您理解我。"

"不是说得好好的吗?"

"我千万次问过自己了,还是离不开金近小学。请理解我。"我把办公桌上的合同递给了局长。

"哦。"局长还在作着最后的努力,"合同先放在这里,您再考虑考虑,三天之后,我再来拜访您。"

见他说得很坚决,我也不忍太伤他的心。我接了合同,和局长握手送别。

局长以为我是诸葛亮，非三请不可。其实，真是误解了，我才不摆那谱，也没有资格摆谱。可不，两天之后，我去兰州参加一个儿童文学教育大会。一到兰州，我赶紧给陈局长发了个信息，除了告诉他我在兰州，还告诉他我留在金近小学的心愿。

局长是个很好的领导，表示完全理解我，还客气地说认识我是他的荣幸。

后来，局长把我们之间的这个故事和别的校长讲了。别的校长当作新闻在传，一传再传传到我们镇领导那里。镇党委书记找我核实，我实话实说。书记很感动，说我有境界，有情怀。问我学校发展需要什么，尽管对他说。镇里一定支持。

不久，政府给我们学校投资了 1000 万元，修了路，建了小鲤鱼剧场，还盖了金近纪念馆。

记 着

黄　教　授

　　整整一星期,我都无法安静地入睡。我把身子侧向牵挂的方向,在那个地方,在两百多公里之外的病房,黄教授正静静地躺在病床上,与死神作着一次次的抗争。我十分揪心,担心他被死神掳去。

　　认识黄云生教授还是在 1999 年 8 月,那是在一次浙江省作家协会儿童文学创作委员会召开的年会上。

　　会议用餐比较早。一天晚上晚饭后,我去隔壁房间看望倪树根先生。倪伯伯正在和一位头发稀疏发白的老者喝茶聊天。见我进去,倪伯伯笑着对那老者说:"说到曹操曹操到,这位就是金近故乡小学的何夏寿校长!"

　　原来他俩刚才正谈到我的童话教学。

　　老者很热情地伸出手,我握着他的手,很自然地看着他。老者六十来岁的样子,白多黑少的头发有点卷,方脸,肤色较黑,眼袋很大,像是两颗老橄榄,一看就知道是一个经常和休息过不去的"劳动模范"。

　　"何校长,您好。"老者一副彬彬有礼的样子。

　　先由来者问好才是常理,我受之有愧。可是,我实在不知道该怎样称呼他。我用求救的目光看着正哈哈大笑的倪伯伯。

　　"我忘了介绍。何校长,他是浙江师范大学教授,也是中国作家协会会员黄云生老师!"倪伯伯终于意识到自己的"红娘"角色,赶快介绍。

啊，原来这位就是大名鼎鼎的黄云生教授。在此之前，我早听说浙师大有这样一位儿童文学理论家，专门研究儿童文学教育，出了好多的研究成果，同时我还知道他是浙师大儿童文学研究所的所长。此外，我读大专的时候，读到过由黄云生老师所编写的《儿童文学概论》，有一次，我们还考到过这本书里的内容。今天，这位名教授从书中走到我的眼前，我好幸运啊。

倪伯伯一贯热情，没想到黄教授的热情更胜之。我求学心切，于是，这一个晚上，围绕着我们学校如何开展童话教学，我们彻夜长谈。就这样，我的童话教育里又多了一位泰山般高大的"靠山"。有一次，我在电话中对黄教授说了学校想编一本童话集作为校本教材的设想。黄教授听了，十分支持，并自告奋勇地说，到时候他会帮助我们组织选文。

2000 年 11 月 30 日，我和李立军从上虞坐汽车到杭州，又从杭州坐火车前往浙江师范大学所在的金华。因为黄教授已经在教学之余，为我们选了一些优秀童话作品。第二天，黄老师要在浙师大儿童文学研究所，约我们开个小型的教材编写座谈会。

由杭州开往金华的火车经过近四个小时的走走停停、停停走走，终于将我们带到了金华火车站。此时已近晚上八点。一出车站，外面暴雨如注，我们后悔没带雨具。

眼看这雨一时半会停不了，想想好客的黄教授还在宾馆等着我俩，我们像军人接到任务一样，冲进了雨幕，站在路口等出租车。可出租车在雨天就像高贵的公主，不仅一车难求，而且一辆一辆地从我们面前扬长而过，溅起一串长长的水珠，喷射到我们的身上。

说实话，腹中早就空空如也了，加上冬雨阵阵，寒气逼人，我们已

158

经到了饥寒交迫的境地。

"嘎吱——"一声,一辆出租车稳稳地停在我们的身旁。此时,我才深切地体验到什么是救命稻草,什么是雪中送炭。

车子将我们带到了位于金华市郊的浙江师范大学。根据黄教授在电话中的吩咐,我们来到了他指定的位于浙师大正门南面的师大红楼招待所。我们俩刚下车,黄教授和他的一帮研究生,顾不上外面正下着大雨,一起从招待所里跑出来迎接我们。黄教授打趣地说:"金近小学来的都是小鲤鱼。小鲤鱼是离不开水的,所以何校长他们一来,天公就用雨水厚待他们。"被黄教授这么一说,我们还要感谢天公作美了。

还没等我们说些什么,黄教授把手一挥:"走,现在,我们进餐厅为两位校长接风去!"这时,我才知道黄教授和他的 6 个研究生为等我们,还没有吃晚饭。黄教授把我们带进了餐厅,餐厅里开着空调,很温暖,餐桌上放了满桌子的菜,散发着诱人的香味。我注意到,餐厅墙上的挂钟,已指向晚上 9 点 30 分。

第二天一大早,黄教授带我们去了浙师大。这是我第一次走进这所神圣的学府。黄教授像位训练有素的导游似的,带着我们边走边讲,讲浙师大的昨天,如何艰苦办学;讲浙师大的今天,学校正在走向辉煌。黄教授讲得动情,话语中洋溢着自豪。我贪婪地听,贪婪地看。

终于我们来到了黄教授一直说的红楼了。我知道,红楼就是浙师大儿童文学研究所。这是一栋颇具传统风格的老楼。楼不高,只有两层。整栋楼的外观除了墙面是青灰色的,其余的门啊、窗啊、瓦片啊、屋脊啊,一律都是红色的。这一栋占地约 400 平方米的红色小楼,静静地隐居在参天大树之间,让人觉得朴素和优雅。

黄教授把我们带到了红楼二楼的会议室。黄教授的6位研究生早就等候在室内了。待我们坐定,黄教授说话了:"我们能帮金近故乡的小学编写童话校本教材,这是我们研究生的光荣。大家要借这样一次良好的实习机会,用两个月左右的时间,在古今中外的童话故事中,挑选出最经典的童话名篇。然后,根据不同年级小学生的认知特点,从中精选出部分作为教材内容。到时候,所有的篇目都要交给我审阅。现在先请大家讨论一下,确定入选标准。"

于是,黄教授开始和研究生们一一对话、探讨、商议。我第一次看到大学教授与他的研究生之间,围绕一个观点,能作如此深刻的交流。

很快,两个多小时过去了。在会议总结里,黄教授特别强调:"还有一点必须讲清楚,金近小学是一所农村小学,办学条件困难。何校长是我的忘年之交,他为小学生能获得基础的文学教育正四处奔波,我们研究生要学习何校长的这种精神。具体体现在支持何校长的工作上,所以这次编书我们不能收何校长他们一分钱的补贴。这作为一种纪律,希望大家自觉遵守。"

多纯粹的好人!黄教授要我说两句。那一次,面对着黄教授和他的研究生,我竟像木偶似的,说不出任何话来。

从浙师大出来,黄教授还将我们带到了他家里。在他宽大的放满书的书房里,他向我们进一步介绍了以童话为载体开展素质教育的途径和方法。他讲得有理有据、头头是道,对童话在教育中的功能作了十分详尽的解读。同时,为了帮助我们理解儿童文学理论,他还将自己编写的《人之初文学解析》《黄云生儿童文学论稿》等书籍送给我们。

中午,黄教授还热情地招待我们在他家吃饭。黄教授喜酒,立军又能喝酒。我不会喝酒,但喜欢看人喝酒。师母给我泡上一杯香茶,黄教授便说酒水不分家。于是,我们三个边喝边聊,聊教育,聊童话,聊金华古城,还聊他自己的身世。黄教授曾经告诉我们,他的名字是母亲取的,他父亲在云南修筑滇缅公路时累死了,他是遗腹子,所以叫"云生"。

临行时,黄教授拉着我们的手,一再说:你们学校开展童话教育绝对有远见,是条很好的路子。学校在具体操作中有问题,可以随时电话联系我。如果有时间,我会到你们学校去亲身感受童话的芳香。

黄教授果不食言。他负责选编的童话作品,比预计提前了 20 多天寄到我校。特别令我们感动的是,他还亲自为我们写了一篇长达 5000 多字的文章,阐述了童话教育的理论依据和教育意义。

2002 年春天,他真的专程来到我们学校,为全校教师作了生动的讲座,并帮我校提炼了"素质教育童话化"的办学口号。临走时,黄教授邀请我暑假再去他家,进一步探讨童话教育如何从理论上形成自己的体系。

这以后,我和黄教授一直保持着联系。

2005 年暑假,我给黄教授打了电话。他不接。我以为他出差了,或者讲课去了。到了第二天,我再拨他的手机,还是没接。我觉得有点意外。我认识黄教授六七年了,他做事总是那样严谨,而且十分通达。他的手机上应该存有我的名字,平时我打他电话也有不方便及时接听的时候,但他忙完事后,每次总会及时回电,而且都要向我说明不接的原因。

我有点担心起来。第三天一大早,我又拨响了黄教授的手机。

这次,有人接了,但不是黄教授,而是一个很低沉的女声。她一开口就称呼我何校长，并告诉我她是黄教授的女儿。我觉得不妙："请问黄教授在吗？"

电话那头的声音更轻了，但还是能够听清楚："爸爸身体不好，住院了。"

"住哪里，我去看他。"

"谢谢何校长，过几天我爸爸好点后，您再过来吧！"

听声音，黄教授的病可能不轻，但我不敢再问了。挂断电话后，我打电话给浙师大另一位教授——周晓波。她告诉我，黄老师得的是肝癌，已经昏死过去多次，现在重症病房。医院禁止任何人探视。

这简直就是晴天霹雳，把我炸晕了。

我一直知道黄教授有点小病，但没想到三个月前还在我们学校礼堂讲课的黄教授，现在居然危在旦夕了。这命运真是残忍透顶了。

我真的无法入睡。每天晚上一躺下，我就会想起和黄教授在一起的情景。黄教授帮了我很多忙，陪着我走了很多路，但此时他病魔缠身，而我却什么也无法帮他分担。

望着窗外满天的星星，我绝望地认识到，此时，黄教授的生命已经如同风中摇曳的烛火，随时都会熄灭。终于，一个星期之后，我接到了周晓波老师的电话，她告知我黄教授已经谢世。

我知道，一个人即使是全世界都公认的好人，一旦他要去往另一个世界休息，我们谁也无法挽留。我们唯一能做到的，就是把他留在我们心里。

我和立军来到了黄教授老家——浙江浦江县，在一片绿荫中，我们找到了刻有黄教授名字的墓地。我们叩拜了黄教授，为他送上了他为我们编写的教材，送上了他喜欢喝的绍兴黄酒。

这时候，树上的知了清脆地叫了，像是报告黄教授有人来看他了。我忽然想到，黄教授不是约我暑假再见的吗？我们还真是再见了，只是见得非同寻常。我忍不住泪流满面。

黄教授，愿您在天堂有书可读，有酒可喝……

163

蒋 风 先 生

旅行时常常遇到这样的情况：眼前的高山仿佛触手可及，但走起来却是那么远，仿佛总也走不近。这时，唯一能做的便是默默地给自己打气：前进，前进，再前进！

蒋风先生就是我所景仰的高山。

20世纪80年代，我在一所村小学当语文老师。那时，金近先生还健在，因为我和金老是同乡，乡情使然，我常常写信向金老讨教儿童文学教育。有一次，金近先生在信中对我提到：如果你想搞儿童文学教育，可以向浙江师范大学的蒋风先生请教，最近他编了一本《儿童文学概论》，很值得你们当老师的阅读。

浙师大、蒋风、《儿童文学概论》，这三个要素勾勒出一座巍峨的大山，吸引着我去走近。可惜乡下小学的办学条件十分落后，就连教学用书也常常要我们老师去手抄，至于《儿童文学概论》这种理论书，简直就是连想也不敢想的"奢侈品"。不过，我是牢记毛主席的话："世上无难事，只要肯登攀。"而且我铁了心要得到这本宝书。

1996年，我调到了乡中心小学当校长，在清点学校图书时，竟意外地发现，在学校图书室并不丰富的藏书中，居然静静地"躺"着《儿童文学概论》。我像发现了珍宝，不时眨巴着眼睛，竟迟迟不敢用手去触摸。

1997年夏天，浙江省作家协会儿童文学创作委员会举办"浙江省文学青年儿童文学夏令营",在朋友的引荐下,我荣幸地参加了这次文学集训。

那一天是 8 月 21 日,在位于杭州市的浙江文艺大厦会议室里,早就坐满了和我一样等待文学雨露的"小禾苗"。看到距离开会的时间还很长,我把随身携带的、已经读破了的《儿童文学概论》从提包里拿了出来,再次重温有关章节。

"这里有人吗?"声音像是一口古钟,有点苍老,但不失洪亮。

我抬起头,是一个和这声音十分般配的老者,个子很高,一张清瘦的长脸,头发几乎都白了,夹杂着的几根黑发就像大浪里的几叶扁舟,若隐若现。这肯定是某个前来参会的"文学老年",我心里想。

"没人,您请坐!"我将本来就没有"越位"的身体礼貌地移了一下。

"文学老年"坐了下来。他用目光告诉我,他感谢我的礼貌。

我继续看我的书。

"你在看什么书?"还是那位老者,语气中透着温暖。

我停止了阅读,把书合起来移到他面前。他看了一眼,又将书轻轻地推给我:"这种书,都过时了,不看也罢。"那口气似乎是嘲笑,好像只有我这种天真可爱的儿童,才会不识时务地读这种"小人书"。

我忽然想起有位文学圈内的朋友对我说,在文学界,文人自恋、文人相轻的现象多如牛毛,暗自想今天还真让我碰上了。说实话,蒋风先生的这本书,帮助我梳理了儿童文学的许多概念,提升了我儿童文学的鉴赏水平,无论如何,我是这本书的受益者。如果说话的是位青年,甚至是中年,我会很直率地和他评理。但毕竟面对的是位老人,虽然他"口出狂言",但我不能以"狂"对"狂",有失"体面"。

"哦,那您说说,什么地方过时了呢?"我欲擒故纵。

我以为这一说，该把"老狂人"镇住了，不料他竟滔滔不绝地讲开了。大意是对儿童文学历史的讲述不够具体，对文体的分类及特点的分析还有待细化，对一些有影响的儿童文学作家和作品的收集还不够全面，等等。说实话，我反问他只是出于对他这种目无他人行径的抗议，没想到他竟那么一本正经，真诚、耐心地一一"论证"。而且他理据充分，竟让我慢慢产生了认同之感。但理智告诉我，我不能这样轻易"背叛"蒋风先生。

"您说得有见地，那您也写一本嘛!"我找到了一句比较折中的话，但显然，锋芒还是包裹在其中的。

"老狂人"刚想说，台上的主持人却宣布即将开会。"老狂人"仿佛接到了什么命令，竟丢下一句"会后我再找你"，站起身来往前走。

会议正式开始了。我竟意外地发现，那个"老狂人"竟坐在主席台上。主持会议的倪树根先生走到"老狂人"的身边，恭恭敬敬地介绍道:"参加本次会议的还有浙江师范大学前校长，著名儿童文学理论家蒋风先生!"

啊，他就是蒋风，我怔住了，半天没回过神来，因为我自己有眼不识泰山，也因为蒋老的谦和、低调。

蒋老果不食言，晚上，在会议住宿的宾馆，他通过倪树根先生找到了我，亲切地向我介绍学校儿童文学教育情况。当知道我来自著名儿童文学家金近先生的母校时，蒋老显得十分激动，即兴为我们学校题了词，勉励我要把儿童文学引入小学教育，办成一所儿童文学教育特色学校。不仅如此，他还向我亲授了开展儿童文学教育的妙招，令我受益匪浅。

自此以后，我走近了蒋风，靠近了这座大山。

这以后，蒋风先生多次来到我们学校，有参加金近先生纪念馆落成典礼的,有参加金近奖颁奖活动的,也有参加我们学校童话教育活动的。十多年来,蒋老还不时将《儿童文学信息》赠予我。我像贪婪的小矮人,从不拒绝蒋老的赠予。

夜深人静之时,我常常自责:我还真把蒋老当作"靠山"了,只顾从山里采集所需,从无点滴"回赠"。和蒋老熟识这么多年,我竟没有主动去浙师大看过他老人家,给他送过一件礼物。可令我深为感动的是蒋老竟主动看望我。

那是 2013 年 9 月 17 日,为了一个文学教育课题,我去浙师大求教王尚文教授。大约下午三点钟的样子,王教授家的门铃响了。王教授开了门,一个熟悉的声音像一阵清风吹了过来:"何夏寿校长来了吗?"

是蒋老。蒋老穿着宽松的短裤短衫,摇着一把扇子,出现在我的眼前。

"蒋老师,您怎么知道的?"在这里居然碰到蒋老,我惊喜得像黑夜里见到了明灯。

"上个月,你不是托我打听王教授什么时候回家吗?"

我想起来了,前段时间,因为我联系不上王尚文教授,于是向蒋老问起此事。当时,还是蒋老告诉我,每年暑假,王教授总是要去山区老家居住一段时间,避避暑,待到秋凉后再回浙师大。

"你今天要来,是我昨天对蒋校长说的。"王尚文教授补充道。

蒋老笑着点了下头:"这么热的天,你跑来跑去的,可要注意身体啊! 我们家住四楼,过会儿到我家吃晚饭去。"

我从小"擅长"哭,虽然随着年龄的"突飞猛进",不再常哭,泪也风干。但面对眼前的蒋老,一位即将九十高龄的老人,拖着不再灵活的身体,从四楼挪下来,喊一位普通的老师去自己家吃晚饭,我的双眼不禁阵阵发热。

我们在王教授家的客厅里重新入座，从儿童文学创作讲到儿童文学教育，从语言教学谈到文学教学，聊的话题一个接着一个。蒋老热情地向王教授介绍着我和金近小学的情况，还不时地夸赞我，令我深感不安与感激。

约四点多，见我执意要走，蒋老坚持要把我送到楼下。夕阳给蒋老涂上了满脸橙色，让人联想到圣诞老人的慈祥和赤诚。

起风了，望着蒋老满头飘动的白发，我忽然觉得，蒋老的白发，其实并不代表生命的衰老，甚至也不是白发，而是高高扬起的风帆。九十岁的蒋老，正驾驶着生命的航船，载着我等一大群乘客，乐呵呵地行驶在儿童文学的黄金航道上。

兰 英 伯

1997 年,我的校长工作做得热火朝天。

那时,政府手上没多少钱,抓教育的基本思路是集中办学。

这是自然的。装电视,你十几个孩子是一台,四十多哪怕五十多个孩子也是一台,大不了让孩子们把眼睛睁得大一点。你要建运动场,百来个学生要一处,千把个孩子也只要一处,大不了弄得稍大点。政府这么一动作,校长响应起来快得像闪电。

我所管的四埠小学学区,另外还有四所学校。我立志三年内合并它们。

万事开头难啊! 先"吃"哪所呢?

那一天,我和镇领导商量后,安排了我们学区各村的村支书、村长参加教育网点调整会。

会上,我介绍了教育工作的发展形势,介绍了我们中心校设施设备如何先进,有电视机啦,有体育场啦,重点宣传了每年都有正式老师分配进来等。我在讲这些话的时候,心里是发虚的。我怕有人说,那新老师分到我们村小好了,雪中送炭。可是都没有人说,村干部们只是低着头,仿佛他们村小学里,没有电视、体育场、年轻老师,是他们犯的错、闯的祸。

镇长急了。他能不急吗? 其实,这笔账跟我算是没用的。学校是政府办的,如果说镇长是老板,那校长最多是个打工的头。见我说

169

完大家都没反应，镇长赶紧补充，说四埠小学在何校长的领导下，童话写作教学十分出色，学生已经在国家级刊物上发表一百多篇童话故事等。镇长喜爱文学，讲话不无文学性的夸张，哪有在国家级刊物上发表啊，最多就是省级的。见此，我在心里纠正着。

村干部们听了，还是没反应，或者说他们在等待着有人先反应。

有人了！

"我来说两句。"是祝温村女书记杭兰英。"读书像养鸟。我们自己养不起，不会养，就把鸟放到大的林子，让别人去养。我们村办小学，要设施没设施，要老师没老师，这样下去，我们在害孩子。不如把他们送到中心校去，让他们享受好的教育。"

杭书记是我们四埠乡唯一一位女书记，敢说敢为，果断大气，又关心群众，治村有方，深受镇领导器重。她和我爱人是忘年交，我们夫妻一直喊她兰英伯。

她这么一带头，会场气氛一下子就热烈了。大家都热切地说，既然大姐发话了，就听大姐的。

就这样，不出两年，我们就把四所村小一所不剩地并入了我们中心校。学校一下子上了规模，争取到的投入也越来越多。后来，学校更名为金近小学。

这件事，杭书记可能不记得了。

2007年，学校建造了一个食堂。我打电话对杭书记说，食堂前面有块空地，现在堆积着建筑垃圾，让她帮我参谋一下，做什么好。

第二天一大早，杭书记来了，我们俩站在食堂前。

"何校长，这地方做花园好。"

"我也是这么想的，可要好几万元钱。"

"是的，这块地应该有两千多平方米吧，几万元钱是要的。"杭书记安慰我，"反正也不急，先规划着，钱的事到时候再想办法。你可以让建筑方清理建筑垃圾时，把那些运不出去的埋到土里，变成小丘。到时候，花园里就有层次感了。"

我说好。

傍晚，杭书记到我家来串门。杭书记的家离我家不过几百米，晚饭后，我们经常会互相串个门，永远是她讲村里的事，我讲学校的事。她是我们学校的校管会主任，我是她们村里的乡贤会会长。

杭书记进门就对我说："何校长，你们学校那块花园，我来捐钱种绿植好了。"

"你来捐？要5万多块钱呢？"

"祝秋潮的小厂今年形势还不错，这点钱我来出。"

祝秋潮是杭书记的先生，他开着一家小型校办厂。

"兰英伯，这个你就不用了。"我爱人一旁说，"他们是学校里的，你是个人的。"

"正因为是学校里的，我才要捐。"杭书记笑着对我爱人说，"何校长管学校也像我管村，学校的事比家里的事还看重，因为有那么多人指望着你呢！"

我爱人想趁机抱怨我不管家。杭书记打断了她："你也要理解，他要管学校一千多个孩子，还有那么大的一个校园，哪有时间管家？家里的事，你管管好了。"

"何校长，你明天让你们总务主任把那块空地的面积量一下。我明天去趟萧山，先去买草皮，把草皮种起来。树啊、花啊什么的，等冬天再种。"杭书记说。

"这么快啊！"

"我做事心很急的，想到做就马上做。现在是秋天，种草皮正好，最多刚种下时浇两天水,一星期后,就不用管它了。"

就这样,不出一星期,学校有了一块两千多平方米的大草坪,乐得孩子一下课就到这里翻跟头、打虎跳、做游戏。后来,我把这个草坪命名为蓝莺园,用了"兰英"两字的谐音。

这个意图,杭书记也肯定不知道的。

再说一件事。

2015 年,秋季学期刚开学,杭书记打电话给我:"何校长,今年教师节,你给我出出主意,送什么给你们老师好呢?"

是啊,教师节又要到了。

"不用送了,你年年都送的,这也是笔不小的开支。"

"我是表示一点点心意。"杭书记说,"贵的我也送不起,百来块钱一份的礼品,你帮忙参谋参谋吧!"

"让我说,就两个字——不送。"

"那不好,一定要送的。我们村里的发展,也离不开你和金近小学老师的帮助。"

"我们没做多少事的。"我说,"再说,我们帮的是村,可你是自己出钱。"

"帮村里就是帮我。只是一点点东西,拿不出手的。你帮我想一想。"

后来还是拗不过她,接受了她送给我们老师的礼物。

这么多年,每个教师节,她都会给我们金近小学的老师赠送礼物:水果、糕点、伞、杯子、茶具、毯子……

杭书记和金近小学的故事,是不是也像童话?

我认为是的。

局　长

　　我是一个乡村小学校长，普通得像满地的大豆和高粱，再加上滴酒不沾，不会打牌，不会玩球，不懂健身，于是就成了那种多你一个不多，少你一个不少的人，自然不会被领导赏识。可我想错了，真的。

　　2001 年，那时上虞教体委主任姓陈。开会时，我远远地听陈主任讲过很多精辟的话、深邃的理，但从没单独和他说过话。唯一的一次，是在教体委的男厕里遇上了。我喊了他一声陈主任，他回了我一句何校长。我激动至极，原来陈主任认识我，知道我姓何，还知道我是校长。

　　我把陈主任对我的称呼当作奖励，发奋工作。

　　有一天，教体委人事科通知我去一趟。我问什么事，科长说好事。

　　哪怕坏事也得去。我坐了一个小时的公共汽车，来到了人事科。科长拿出一张纸，叫我填一下。我一看，上头写着"浙江省春蚕奖推荐表"。

　　我虽孤陋寡闻，但也知道这个奖来头不小，分量不轻，是省厅级的，一个县每年只评一个，多以县里重点学校的领导或名牌教师为主，获奖者如明星般闪耀。我眨了下眼睛，怕看错了，被人家当笑话讲。可是没错，就是那个"春蚕奖"。

　　我问科长，是推荐我吗？他说不推荐你叫你来干什么。他的言外之意是你糊涂了没,这都看不出。我怯怯地说:"我这么好运啊!"

"是的。陈主任推荐你的!"

我差点没有高兴得晕过去。

就这样,那年教师节,我获得了浙江省"春蚕奖",第一次获得了省级荣誉。

2002年,教体委已经改名为教体局了。有一天,我在外面讲课,回学校时,副校长李立军对我说:"宣局长来过我们学校了,他高度肯定了我们的童话教育,还说,我们学校名气这么响,可是设备设施太落后了。"

宣局长是接替陈主任的,是从上虞市政府办公室过来的。听人说宣局长有思想,有魄力,办事干练,特别敢担当。那个时候,我们学校已更名为金近小学了,童话教育特色也基本形成,省里也到我们学校来开过一次特色学校建设现场会。局里的一位朋友"怂恿"我找局长,把学校从村完小升格为镇级小学,这样学校发展会更好。我当然也想,可是我没有胆量去找局长。

听他这么一说,我萌生了去找宣局长的念头。我立马与我的朋友——教体局教研室阮珠美老师商量。

大概是两天后,阮老师打电话给我,说是宣局长就在我们学校附近的沥海镇搞调研,让我马上去找他。我问是否合适,她说她已经同局长汇报过了,让我直接去就行。我不争气了,要让阮老师陪我过去,因为我有点不敢。阮老师心软,便从县城打车过来。

我们找到了宣局长,他正在一个小宾馆写调查报告。

"宣局长好,我是金近小学何——"

"不用介绍了,你大名鼎鼎,我早知道了。"宣局长像老朋友似的,拍了一下我的肩膀,"我在市府办的时候,就听说有所金近小学,听说过你这位校长,把童话教育搞得特别好。前两天我去了你们学校,你不在,你们副校长带我走了一圈。你们办学是有特色的,童话滋养童心的理念也很好。小学生嘛,是应该让他们多读多听童话,活泼点,快乐点,不要像初高中,弄得那么严肃,紧张兮兮的。"还没等我开口,宣局长接着说:"你们学校的设备设施太差了,外面名气那么响,走进来一看,校舍啊、馆舍啊、所用的布置都太旧了。"

水到渠成了,我说:"我们学校毕竟是村办小学,设施也好,师资也好,都是村级小学的档次。所以,我想申请,我们学校能否升格为镇级小学,这样可以更好地提升我们童话教育的品质。"

"可以啊!"宣局长很爽快,看了一眼坐在边上的阮老师,"刚才阮珠美也对我说了,我觉得你们学校应该升格。你们都为上虞教育作出了贡献,提升了上虞教育的知名度,应该奖励。以后别的学校做得好,也可以这样做。"

我连忙表示感谢,他却说,应该谢谢我们才对。一会儿,他又补充道:"何校长,学校可以升格,但你五年内不准打调动报告哦!"

我好感动,在局长的心中,我的分量这么重。直到今天,我还是想问,我只是一个普通村小的校长,宣局长何以如此看重我。我连连说:"局长放心,不要说五年,就是五十年我也不会打的。"

我们都笑了。

学校升级后,发展的趋势还真是级级上升。我们的"童话育人"模式多次在全国级、省市级会议上交流,全国大批校长、老师来我们学校参观。2011 年,我们的"童话育人"模式被省教育厅评为"十大育人模式创新"。

这时候,章局长主管上虞教育了。其实,他在宣局长主管时期就当副局长多年了。

有一天，局办公室打电话给我，说是《浙江日报》头版的记者明天要来采访我。我问采访办学特色吗。主任说，不是的，采访你个人的教育故事，报社要推出教育系统最美工作者，你是省里推出的第一人。我说我不够格啊。主任说别客气了，你是章局长推荐的，为此他还专门向《浙江日报》总编室申请过。

我当然不至于高兴得晕过去了，说实话，几十年校长当下来，接受采访不说上千次也至少有上百次，要每次都晕，早就醒不过来了。但说实话，心里还是蛮感激局长的。全上虞有那么多好老师，凭什么让我那么幸运，成为全省第一个最美教师报道对象，而且还是在党报头版的位置。

第二天，《浙江日报》的记者来了，还有我们当地《上虞日报》的总编。教体局办公室里聚了一帮人，有找我聊的，有找老师谈的，把我的"事迹"地毯式地搜了一遍。快到十一点的样子，高高大大的章局长来了，见到我，握住我的手说："何校长，辛苦你了。"

我说谢谢局长！

章局长认真地说："哪里的话？是你做得好，我把你的故事跟编辑一说，他们都感兴趣。你为我们上虞教育争了光，真的要感谢你。"

一个星期后，《浙江日报》头版刊登了《营造乡村孩子的童话王国》，长篇报道我的教育故事。

再一个星期后，上虞教体局党委发文《关于开展向何夏寿同志学习的决定》。

2017 年，局长换成蔡局长了。据说蔡局长是上虞教育史上第一位女局长。蔡局长喜欢文学，讲话也有文学气息，一些常用和不常用的诗词，都会从她的报告和闲聊中蹦出来，而且想更换一个别的词句都显得很难。光凭这一点，她就深受我尊敬。

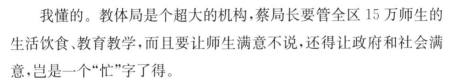

我一尊敬,就送上了一本我写的《爱满教育》。

她翻着书笑着说:"以前在别的局,我真的读了不少书。到了教体局,反而很少读书了。"

我懂的。教体局是个超大的机构,蔡局长要管全区 15 万师生的生活饮食、教育教学,而且要让师生满意不说,还得让政府和社会满意,岂是一个"忙"字了得。

大概一个月的样子,我收到了她发我的微信,说是致敬我那一位伟大的母亲。我多此一举地问,为什么说这话。她说正在读我送她的书,刚刚读完《母亲,我的教育家》一文。

我一看表,12 点 30 分,正是机关午休时间。

我很感动。

后来,我很感动地向她致了谢,提出了深藏多年的辞去校长职务的请求。我的理由很简单,干了几十年校长工作,我要歇歇了。看得出,我的请求让她十分为难。她挽留了我几次,但我一再坚持。她知道,我意已决,便同意了。

我以为,辞了职务的人,往往就人走茶凉。可我想错了,每个节假日,蔡局长依然会给我发祝福。

2018 年的冬天,下了一场大雪。我在学校里写文章,黑着屏的手机突然亮了,是蔡局长。我赶快拿起来看:"愿岁末的这场雪,抹去所有的烦恼,来年了无闲事挂心头,祝福新年。"

望着窗外的飞雪,读着手里的文字,我有点眼热。

这些局长、这些故事、这些温暖,我常常想起,牢牢记着……

万 升 奖

　　我是一个很要强的人，每一个很要强的人都会有一个突出缺点：不肯求人。

　　那一天，有个熟人对我说，万升公司董事长何明辉先生愿意给学校捐点钱，问我去不去，我说不去。熟人提醒我，还是去好，给人家面子。我一想，也对，便和熟人去了。

　　何董事长很礼貌地接待了我们。我只字未提捐款，我觉得那是乞讨，我又不是讨饭的。我只是喝着茶，仿佛我去董事长豪华的办公室就是为了喝茶。喝了几杯茶，我就起身告辞。何董对熟人说，让学校开张 3 万元的发票过来吧。一旁的我听了，脸唰地热了。我热着脸说谢谢何董。何董说不客气，他是金近小学毕业的，回报母校是应该的。以后学校有什么需要，尽管对他说。

　　学校需要钱的地方很多，可是我不会对他说的。因为，我很臭清高。

　　这是 2009 年的事了。

　　2014 年，何董当上了学校所在村的党总支书记。我向他去电祝贺。他说现在很多乡村一片萧条，金近小学办在双埠村，每天千把个孩子进出我村，热热闹闹、浩浩荡荡，让我们村变得红红火火的，感觉很光荣。学校发展有什么事，尽管对他说。一定要把学校办得更好。

　　我想，过几天我要和他说说桥的事。

学校附近有一座桥,建于 20 世纪 70 年代。那时,主要是给骑自行车的人修的,很窄。而且桥面是四块五孔板铺成的,时间久了,显得很不牢固。汽车开在上面,除了常被两侧的桥栏剐蹭,还要担心桥面塌了。有一次,学校来了一批稀客,市里负责安保的检查完桥后,果断地说,客人得徒步过桥!

何董事长,不,是何书记了,不是说有事尽管对他说吗,我就决定去说说修桥这事。

我打电话给他,就说有件事想找他汇报。他说他马上去学校找我。我说哪有书记上门的,应该我去他办公室。他却坚持说校长工作忙,他过来。我就假装很忙地说:"是有点事,那我在学校等。"

一会儿,我在学校门口等到了他。

进了我的办公室,他说:"金近小学办得真的好,我走到哪里,都听人家夸你们。我村沾光了,校长有什么事,尽管说。"

我就说了桥的事。

他边听边点头:"谢谢校长提醒。修这个桥,是我眼前的头号工作,万一塌了,后果就严重了。"

好投缘哦。那天,我们毫无顾忌地聊,聊管理,聊文化,还聊了校村合作等。我们还互问了年龄,原来都是 60 后,同一年代的,难怪有共同语言。

这是 2015 年春天的事。

这一年的夏天,发生了个故事,故事的主角是我。主要内容是附近有个新区,想高薪聘请我去那里当校长。我想凭着这几十万所谓的高薪,我也发不了财,就婉拒了对方。这事被我们镇里的领导知道了,领导很激动地对我说:"你境界真高。以后学校发展需要什么,你尽管说,我来支持。"

在领导那里为学校求发展，我不觉得脸红。我一口气说了好多大事，其中就有修桥之事。我说："除了桥，路也要扩建。桥关系安全，路影响发展。"

领导一一记下了。

第二天，何书记打我电话了："校长在学校吗？"

"在呀。"

"我到你学校来。"

何书记来到了我办公室，没说话，像是等我先开腔。

我说："怎么了？"

"你拒绝了新城高薪请你去做校长的邀请？"他问。

原来是这样，我笑道："你怎么知道的？"

"刚才镇领导打电话给我，说了你的事。"明辉书记喝了口茶，"校长你的事感动了领导们。镇里告诉我，我们村通往学校的这条路，包括那座桥，全部由他们打包设计修建。路要扩建成 7 米宽，桥要扩建成 8 米宽，能让大巴进出。估算了一下，镇里要投入 300 万元左右。"

"真的？"

"下午镇里就派设计师进村，和我们对接。"明辉书记说，"人家说靠山吃山，这回，我们村是靠学校吃学校了。"

"不要这样说，学校的事，还得村里支持。"

"我不是说客套话，这么大的投入，我们村的历史上从未有过。我们村真的要感谢学校，特别是感谢校长你。"何书记起身握住我的手，"校长，本来我打算自己出资 40 万元，修了那座危桥。现在政府接管了，修得比我设想中的要好，要大，要牢固。这全是你们办学办得好。所以，我打算把这 40 万元捐给学校。"

我掐了掐自己，知道这不是在做梦。

"校长,你觉得怎样?"

何书记看着我,眼里写着真诚,仿佛怕我拒绝他的赠予。面对着这个突然降临的"童话",我显得坐立不安。一会儿说太好了,一会儿说不行。一会儿全身发热,一会儿觉得心里发毛。

"明辉书记。"我冷静了下来,"这么多钱哪,你和你夫人说过了吗?"

"说过了。"他笑道,"她说,学校给了你那么大的支持,这点钱捐给学校是不是太少了。"

一个成功的男人背后,必然站立着一位优秀的女人,以此为证。

"校长,先就这么点吧,以后公司发展好,我们再回报学校。"见我迟疑,何书记说,"开张发票吧,我把这钱转给你们。开了学,就是教师节,你好发给老师。"

我激动得变成了机器人,程序里只存着"谢谢"两个字。

谢了好一会儿,我恢复了正常,我说:"明辉书记,如果真这样,我倒建议你设个奖,先设个 5 年,把这 40 万均分到 5 年。这样,每年教师节,我们学校的老师,会感到节日的温暖和期待。我们不搞一时激动,我们搞年年感动。"

何书记觉得我这个想法好。

后来,我们就签了约,设立了"金近小学万升奖教金"。

那一年的教师节,我们搞了颁奖典礼,老师们的脸上满是领奖的喜气。

2017 年万升奖颁奖前几天,何书记对我说,金近小学办得越来越好,"万升奖"也应该加大奖励金额,让更多的人参与进来。

我不好意思地说,就这个数吧,别给你们企业增加更多的负担。

何书记说:"这个你就不用管了,我有办法的。"

后来,他动员了他同样搞企业的哥哥、姐夫、表弟,还有他的两个发小,让他们以股份的形式,加入进来。真是个创意啊,股份制居然用到捐款上。他对我说:"这个奖我们争取年年加大奖金额度。致富不回报教育,不懂得感恩,没什么意义的。"

我忽然觉得,明辉书记的"万升奖",不仅仅只是尊师的问题,他还在倡导一种新的风气。

难怪他的万升企业办得那么好!

情 缘

老乡金近

命运似风，让你永远无法捉摸，更别奢望追随其行踪。比如，有些一辈子与你相处的人，在你的心里却遥远得如同生活在另一个星球，永不相逢；而有些从未相处，甚至从未相见之人，只凭神交，仅靠意会，关于他们的印象却像石头上刻下的字、铁板上敲出的画，难以忘怀，永不磨灭。

金近，三十年前，我第一次听到这个名字的时候，无论如何也想不到，这个名字，竟深深烙在了我的心里，难以忘怀，永不磨灭。

那是 1983 年的 11 月 3 日，我在家乡小学代课。这一天课间休息时，陈校长把一本书放在我的办公桌上，笑道："大作家，知道《小猫钓鱼》作者是哪里人吗？"

我从小喜欢看戏、听故事，识字后，酷爱读书、看戏文，算是个文艺青年，空时也写点小文章，发表在我们县里的报刊上，老师们戏称我"大作家"。虽然我读过《小猫钓鱼》，也教过这篇童话，甚至能将整个故事背下来，可是还真不知道这个故事是谁写的，更不知作者是哪里人。

我瞥了一眼，陈校长放在桌子上的是一本《小朋友》杂志。

陈校长显然看出我答不上来，友好地一笑，说："杂志第 13 页上有介绍，这个人还是我们前庄村人。"

啊？《小猫钓鱼》的作者是我们家乡前庄村人！我迫不及待地将

杂志翻到了第13页。没错,在这页的右下角,清清楚楚地写了《小猫钓鱼》的作者:"金近,我国著名儿童文学家,1915年出生在浙江省上虞县四埠乡前庄村。"

我不相信自己的眼睛,又怀疑杂志有假,翻来覆去地将这一排文字读了几遍。一点没错,白纸黑字,金近就是我们前庄村人,可是这么有名的作家,怎么可能是我们这个穷乡村的人? 我知道我们家乡金姓是大姓,那么这个叫金近的大作家又和谁家是亲戚? 他的父母是谁?

冥冥之中,我与金近有缘。

我满腹狐疑地回到了家,向出生于1909年的父亲打听关于金近的事。父亲很肯定地说:"这个叫金近的,是高先生家的儿子,叫大阿毛。听人说起过,好像大阿毛是在北京,会写文章,很出山(家乡方言,有出息的意思)。"

"他爸姓高,可儿子怎么会姓金呢?"我不解。

"这个我也不知道了,他们一家早就搬离了前庄。"父亲的回答真是令我失望。

想起来也难为了父亲。一来父亲从没读过一天书,见识不广;二来在那兵荒马乱的岁月里,人人自危,能让自己活下来就十分不易了,谁还会有闲心关心别人姓高姓金? 何况,父亲补充说,人家早在五六十年前举家搬迁了。那时,父亲也未成年。

但父亲的一句话,激起了我问到底的决心:"这个叫金近的有没有地脚(家乡方言,地址的意思),有的话,你写封信去问问就知道了。"

地址倒是没有,但父亲的"解题"思路,无疑提示了我探索的方法。通过一段时间的搜索,我终于在陈校长的帮助下,在他教高中的亲戚那里,知道了金近先生是北京团中央《儿童文学》杂志的主编,那位老师还将抄有《儿童文学》编辑部地址的一张小纸条捎给了我,我兴奋得连夜给金近写信。

现在看来,那是封极为可笑的信。与其说是信,还不如说是习题汇总。除了一开头的自我介绍外,接下来是四道问答题:一问金近老师您是不是前庄村人,如果是,记得村里哪些人,哪些地方?这样问,好像我是派出所负责户籍管理的。二问您的父亲是不是高先生,大阿毛是不是您的小名?如果是,那您后来为什么姓金?依然像是要查清人家的户籍,大有查不清就不给人家上户口之意。三问您在北京,有没有重回家乡的想法?想不想回家,纯属个人行为,人家根本没有必要向你报告。四问我也喜欢写故事,可就是写得不动人,能否帮助指导?严格说,还是这个问题提得不像考试,稍稍讲点礼节。

说实话,那时,我还真没有完全相信金近就是家乡人,甚至从心底里怀疑家乡真能"产"如此名人。

第二天,当我把给金近写信的事对陈校长和其他老师说了后,办公室里笑翻了天。有的老师捂着肚子笑话我天真得近似于白痴,人家在北京做上了大作家,凭什么接受你的"审查",有位老师不无讽刺地说:"癞蛤蟆想吃天鹅肉嘛!"

被老师们一说,我羞得无地自容,脸烫得可以煮水。我后悔自己做事冲动、冒失,不但写了,而且还把信投进了邮筒。

后来几天,我在心底里暗暗感激老师们淡忘了此事,不再拿此事当笑柄。大约一个星期后,我正在校门口值下午班,邮差交给了我一个牛皮信封。我一看,寄信人的地址是一行印刷好的红色楷体字:"中国少年儿童出版社",后面用蓝色墨水署着"金近"两字。

啊!难道真是金近给我的回信?我的心激动得跳到了嗓子眼,

整个身子轻得就要飘起来。我冲进了办公室，像中了大奖似的，扬着手里的信："金近给我回信了，回信了！"

办公室里的老师以为我中了邪，纷纷起身，用异样的目光看着我。一向敏感的我，此时就像一个进了角色的演员，完全不管别人的感受，大声地念起信来："夏寿老师，您好，来信收到。我是金近。你父亲说的没错，我小名叫大阿毛……先父叫金文高，识得几个字，常为乡亲写封信或写个条，村里人常尊他为高先生……"

我读得响亮，显得旁若无人。

在这封长达两千多字的回信里，金近不但十分具体地回答了我的"提问"，而且也补充了好多他对家乡的记忆，让我确信他是彻头彻尾的同乡人。他说："小时候我跟父亲到海里去捉黄泥螺。这黄泥螺可以鲜吃，也可以腌着吃，那种口味，真的称得上是人间美味。虽然我身居遥远的北方，偶尔见到商场有黄泥螺出售，我都会毫不犹豫地买来吃。我吃着家乡的味道，思念着遥远的家乡。夏寿老师，感谢您为家乡孩子教书，我向您深表敬意！如果您有创作上的需要，尽管向我提出，我一定尽力而为。"

我读着读着，眼睛模糊了，眼泪涌出，遮挡了我的双眼。信中的每一个字，犹如一个个热情的火球，把我烘照得全身发热，我觉得自己就要燃烧了。

陈校长走过来，把信稿从我这个被幸福击昏了的人手里拿走了。他理智而谨慎地看完信后，哈哈大笑："你真是个大作家，连地址都没写，就给金近寄信了。"

是吗？我从陈校长手里取回了信。果真，金近先生在信的最后说，"也许您工作太忙，您给我的来信中忘了写上寄信人地址。这对我来说没什么，我是永远记得家乡是浙江省绍兴市上虞县前庄村的，但如果您以后给人家投稿,请检查是否写上了自己的地址,否则人家就找不到您了。当然,这是小事,顺便提一下。夏寿老师,请接受我对您的感谢,感谢您在我的家乡教书育人!"

我为自己的冒失而羞愧,更为金近先生对家乡的深情而感动。那天晚上,我无论如何也睡不着,半夜起来开窗,望着宁静的星空,我似乎看到一个清清瘦瘦的老人,正伫立在北京的书房里,遥望着南方的夜空,叨念着"举头望明月"。我甚至望见了那位老人深情而期盼的目光,饱经风霜但依旧明亮。

自那以后,我和金近先生开始了不间断的书信往来。我对先生的感情也从尊敬慢慢变成崇拜。

我感谢崇拜,因为这让我阅读了金近先生寄给我的一批又一批儿童文学作品。其中大都是他的作品,也有他朋友的著作,诸如张天翼、严文井、陈伯吹等,每个名字,都足以在中国儿童文学这面大鼓上,敲击出震耳欲聋的响声。那段时间,我真的感觉四季没有夏秋冬,日子天天都是春。这些阅读,为我日后开始童话教育奠定了较为坚实的基础。

读多了书,往往容易对所见所闻发表一些自己的看法。善于发表自己的意见,这固然是一种良好的品质,但把握不好,过于直接,不加任何掩饰的表达,却近似于无知,因此我常常会在夜深人静的时候深深自责,无法原谅自己。

那是 1986 年春,我们前庄小学新盖了一排两层的校舍,还新建了个校门。那时候,学校也换了新校长。新校长说,学校的校门要搞得有文化一点,有教育意味一些,很希望能请金近先生为我们题个词。他知道我和金近先生长期有书信往来,让我写信去跟老人家说一说,还说他征求了乡领导的意见,如果金近先生同意题写,可以支付一定的酬金。

　　能请金近先生为自己的学校题词，一想到日后天天能看到金近先生题写的校名，这是一件多么美好的事情。我立刻给金近先生写信求字。金近先生很快复信了。他首先是祝贺学校盖了新楼，为表示自己的心意，他说通过邮局给学校寄去了一包图书，请我收到后转交给学校图书室，让孩子们阅读。还希望学校能在校园种些树，净化空气，对孩子身体有好处。最后说到题词的事，他说自己从小写不好毛笔字，希望允许他练练后，过段时间完成"作业"。至于酬金，哪有自己向自己家收取礼金的规矩，这个"创新"要不得。老作家说话幽默风趣，让我联想到夏天夜晚，生产队晒场上讲述着民间故事的老大爷。

　　大约过了半个月的样子，我收到了金近先生寄给我的挂号信。信封很大，里面装的是三条大小不等的横幅，上面写着大小不同的"前庄完小"四个字，还有金近先生的签名。

　　我和校长及学校老师如获至宝，看了一遍又一遍。金近先生的毛笔字清秀庄重，干净利落，像是微风中挺立的劲草，工整不失活泼，三幅字都适合做小学校门。可美中不足的是，三幅题词中，前庄完小的"庄"字都多加了一点，成了不折不扣的错字。尽管校长说，在做校门时，我们可以通过技术处理，把这个"庄"字改过来，但我还是把情况如实告诉了金近先生，并且多余地说，如果不改，孩子们肯定会说"金近爷爷写字也这么粗心"。

　　当我把去信指出金近先生写错字的事说给校长听后，校长十分严肃地说："你真是的！这下完了，金近先生怕是再也不会跟学校有任何往来了。"

　　但没过多少天，我意外地收到了金近先生寄给我的挂号信。打

校长优先

开一看,是一张书写无误的"前庄完小"宣纸,还给我附上了一封简短但令我终生难忘的信:"何老师,我非常感谢您帮我纠正了一个错字。我这个'庄'字的写法,是过去我们前庄村人的写法,现在看来完全是个错字。作为一名小学老师,一定要教给孩子正确的文字。从您的来信中,我完全相信您是一个十分严谨负责的老师。家乡的孩子会因您这样的老师而受益的,我为家乡有您这样的老师而自豪。"信的落款是:"粗心的金近"。

读着来信,我感动得差点落泪。

自此以后,我和金近先生的通信更趋频繁了。在金近先生的指导下,我还学写了几个童话,一个接一个地寄给了他。他一篇一篇地帮我修改,虽然一篇也没有发表出来,但还是让我学到了一些关于童话写作的要领。金近先生来信中,时常提及孩子们读书做人的事,向我打听一些村子里的变化,还会询问他儿时一些伙伴的近况,我除了调查走访作答,也几次邀请金近先生来家乡看看。

有一次,那是1989年,金近在信中对我说,人越老越思乡,今年夏天,他想回家乡看看。我把情况告诉了校长,校长也出面书信邀请,金近先生自信地表示一定回去。校长把情况告诉了乡政府领导,乡政府领导也发出了邀请。

5月19日,在北京和金近先生一起工作的作家谷斯涌先生,在乡政府领导的陪同下,来到了我们前庄完小。他主动找到了我,对我说:"何老师,这一次我回故乡上虞,我们单位主编金近先生一定要我来见见您。"

"哦,金近先生说是今年也要回家乡的。"

"是的,本来我们俩说好的,一起来。"谷斯涌先生很沉重地说,"可是,上个月,他不幸得了脑溢血,幸亏送得及时,才保住了命,现在

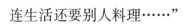

连生活还要别人料理……"

谷斯涌先生的话越说越轻，我的心变得越来越沉，我感到自己整个身子像被谁使了魔法似的，动不了了，好半天说不出一句话，变不了一个坐姿。

"金老师现在怎样了？"我终于又开口了。

"还好，正在慢慢地好起来。"谷斯涌先生对我笑笑，平静地说，"昨天，我还去了金近先生的家，他还让我看一大堆他练写'前庄完小'的废旧宣纸，还对我讲了您帮他改错字的故事。他说，给孩子们写文字，如同给孩子们做糕点，安全是第一位，其次才是样子。写了错字给孩子，那是不安全的，要误人子弟的。幸好有何老师把关。他一再叮嘱我，要我代他向您致谢！"

我感动得有点不好意思了，赶快把自己最近了解到的关于这个"庄"字的故事背景，原原本本地讲了一遍："我问过了，其实那个'庄'字，是过去我们前庄村人出外捕鱼，讨口彩而有意加上去的，希望鱼打得多一点，日子一点一点地好起来。金近先生还保留着小时候的记忆。"

"哦，还有这种说法。"谷斯涌老师深情地说，"金近老师为人特别谦虚、诚恳，好多事本来就不是他的错，但他总是自责。"

"但愿他能早点恢复健康，我们学校的孩子们真想见见他。"我说得委婉，其实我自己才是最急切地盼望着跟金近先生握个手、合个影的人。因为，自这个"庄"字的事情之后，他已成了我的精神之父。

"他一定会来的，因为他还没有当面向你致谢！"不愧都是搞儿童文学的，谷老师的话也活泼幽默。忽然，谷老师想起了一件事，从随身的书包拿出一本书，递给我："差点忘了，这是金近老师新出的一本书，他要我送给您，说可能对您写童话有用。"

我接了过来，是一本崭新的散发着油墨清香的书，书名叫《童话创作及其它》，一看就是金近先生的笔迹。打开扉页，是金近先生用蓝色钢笔写的赠言："何夏寿老师雅正！"再一看，签的还是上个星期的日期。

听着谷斯涌先生的讲述，捧着先生送的书籍，特别是看着先生依然活泼有力的签名，我想象着不久的将来与先生见面的景象该是如何温暖与美好，神圣而自豪。

那天晚上，我做了个梦。农历八月十八，家家户户的园子里，桂花怒放。满村子的空气都浸透着桂花的芳香。村西边的五龙庙里吹响了咿哩哇啦的号子，一批画了眉抹了粉的汉子抬着威武的元帅菩萨，庄重地走出了庙门。有人在高喊："庙会开始喽！"于是，戏班子的锣鼓家什敲得欢快激越，舞狮的队伍跳得热情奔放，看热闹的老人、孩子、妇女，兴奋得像上紧了的发条，拍疼了手还在使劲地鼓掌，喊破了嗓子还在用力地叫喊。这时候，金近来了，一身家乡青灰色的对襟衣衫，款款走来。他真的来了，来到了他写了无数次"看家乡庙会"的现场中，来到了他多少回魂牵梦萦的故乡前庄村。

我迎了上去，他也认出了我。我们的手紧紧地握在一起。他再一次对我致谢，说我帮他改正了"庄"字。我说没错没错，就这多加的一点，恰恰证明了您是地地道道的前庄人，因为我问过老人们了，这一点是我们前庄人希望日子一点一点好起来的彩头。金近笑了，笑得跟我的老父亲一样，爽朗舒心，可亲可敬："是的，一点一点，我们前庄村人，从来都是踏踏实实、规规矩矩的，从不夸夸其谈、好高骛远。"

"对的。您的身体也在一点一点地恢复健康，是吧！"我主动伸手去握他，这下，我的梦醒了。

可是，事与愿违，就在谷斯涌先生回去后不久，7月9日，我从广播里得知,金近先生因为脑溢血再度复发,终于离开了这个处处让他留恋、感恩的世界,离开了他一直想回但终于没有回成的故乡。

望着校门口高高悬挂的"前庄完小"四个金色大字,我的泪水流得连成一线,又断成一点、一点……

"金近老师,我们一定等您回家!"我在心里默念着。

几年以后,我做了学校校长,征得金近夫人的同意,我将学校更名为金近小学,校内塑起了金近先生的大理石像,建起了金近纪念馆,我还积极联系当地政府和中国少年儿童新闻出版总社,几次赴京洽谈,设立了面向全国的"《儿童文学》金近奖"。

每天早晨,沐浴着新一轮升起的朝阳,伴着学校广播里播放的由金近先生填词的《劳动最光荣》乐曲走入校园,凝望着广场正中含笑端坐的金近塑像,穿过全天开放的金近纪念馆,我忽然觉得,谁说我和金近素未谋面,谁说金近没有回家,其实金近先生一直和我们在一起,永远生活在他热爱的故乡大地上。

商　　谈

　　大年初一早上,我刚从墓地看完我的爹娘回家,就接到了镇党委书记的电话。

　　"何校长,过年好!"

　　新年第一天,领导亲自给我打电话拜年,要知道,我们这个镇可有十多万人口哪。

　　"金书记过年好,金书记这么早啊,金书记在家里还是在镇里?"我晕乎乎地说。

　　"我在办公室。"金书记说,"要是你有时间,到我办公室来,我和你商量个事。"

　　那肯定有时间的,我又不是天子呼来不上朝的李白,即便是,也会应邀的,因为这位金书记对我很好。

　　插个有关书记的小故事吧。金书记到我镇工作的第一周,就来到我们学校,在校园里转了一圈,夸赞学校办得好,问我:"咱们有金近先生纪念馆吗?"

　　"没有。"

　　"金近小学应该要有金近纪念馆。"

　　"我们也想,可是——"

　　"是经费的问题吧。"金书记眨巴了两下大眼睛,"这么大的一个镇,这么一点小的文化投入,没问题的。何校长辛苦一下,去跟教体局汇报汇报,如果局里能够承担,我们就各一半。要是他们有困难,那就我们镇里出。一个文化名人资源用在一所学校里,要对得起人家。"

我的头点得像敲鼓。

我把金书记原话给局长说了,局长很感动,表示全力支持。

不到半年,我们建起了金近纪念馆。

后来镇政府和市教体局还联合搞了一个非常体面的纪念馆落成仪式。

我们言归正传。

我来到了镇里,大年初一的镇党委大楼,仿佛是为我建的,大门为我一个人开,电梯为我一个人设。我很快上了五楼,敲响了金书记办公室的门。

金书记开了门,他的笑,是那种湖水荡漾式的,一圈一圈,连眼角的皱纹也晕开来了。我一坐下,金书记递上早就沏好的茶:"何校长,你把金近小学办得那么好,我在想,我们镇能不能借用你的经验,提升一下知名度。"

我说金书记说反了,学校是政府棋盘上的一粒子,没有这个棋盘,这粒子就无处安放。

金书记认真地说:"我不是说客套的。你是老崧厦人,我们崧厦镇有哪个文化品牌,你给我说说看。"

确实,我们自诩是个名镇、古镇,却还真说不出有什么文化品牌的。

见我无语,金书记说:"中国作家协会有个领导是我们崧厦人,今天在崧厦亲戚家过年。我们一起过去拜访他一下,让他帮我们参谋参谋,能不能借用金近先生的名义,设立一个金近奖。你说好不好?"

金近奖啊！我激动得喷出了刚刚喝到嘴里的茶。

我们俩你望着我，我望着你，笑了。

我们立马找到了在亲戚家过年的作协领导。一个童话就这么写成了：设立金近奖，由镇政府和团中央下属《儿童文学》杂志社联合主办。

大年初五，年味还浓。我受金书记的委托，前往北京——去找《儿童文学》的负责人，商量设奖事宜。

徐德霞是《儿童文学》杂志社主编，我一直叫她徐老师。《儿童文学》是金近先生生前所创，徐德霞老师又是金近先生的学生。我接触过徐老师几次，看得出，她对金近先生有一种对父亲一样的尊敬。这么多年来，我每次去北京，大多是由徐德霞老师做东的。徐老师说："凡是金近老师的事，就是我的事；凡是金近小学的事，就是我们《儿童文学》的事。"

就凭这句话，我向金书记下了保证：金近奖，应该没有多大问题。那天，我到了北京，就给徐老师打电话。不巧，徐老师说她在河北老家邯郸。

"何校长，有事吗？"徐老师问。

我实话实说了。

"何校长，那我下午就回北京。明天上午您到我们单位吧！"徐老师做事，一向干脆。

和徐老师的商谈顺利得出乎意料。我们共同想象着金近儿童文学奖的前景。只是谈到签约几届时，徐老师和我有了一点分歧。徐老师说先签一届好了，一来她自己也快要退休了；二来呢，政府工作千头万绪，先签一届的话容易执行。我听得出，徐老师是担心情况多变。

我从心底里佩服徐老师的达观，认可徐老师的就事论事。但理智告诉我，这样谈下来，我回崧厦是无法向金书记交代的。临行前，金书记一再对我说："这个奖，办一届两届肯定影响不大，我们要么不办，要办至少五届。一件事，只有反复做长期做，才会有影响，才会形成品牌。"

我觉得金书记说的话像哲人说的。

"徐老师，这个奖虽然是政府行为，但对我们学校发展也是至关重要的。"我诚恳地说，"学校要发展，需要当地政府的支持，这个奖最好能多设几届，比如一签十年，每隔两年办一届，这样可保金近小学十年发展。恳请徐老师支持我。"

"何校长客气了。"徐老师点了点头，"金近小学的事，也是我的事。既然这样，那就按何校长说的，一签十年，共五届。"

我高兴得不知说什么好。

我把商谈结果汇报给金书记，金书记很兴奋："何校长，记住这个春节，我们俩商量着商量着就做成了这件大事。"

我们俩互相举了茶杯。喝茶也会醉，金书记满面红光地说："春节后，我要去市里汇报一下，看看能不能将这个奖上升到市级层面，由市政府来签约，这样就更有权威性和公信力了。"

我以为金书记是喝茶醉了，随口言之，但其实不是。

节后第一周，金书记又打电话给我："何校长，你跟徐老师报一下喜，市里同意了，这个奖由市里和她来签约。"

这回真高兴得晕了。呵呵！

一直以为我命不好，原来，我也有好运的时候。

导 演 童 话

2012年5月29日,我估计是我这一生中最辉煌的日子——由金近小学童话教育办学实践引发,经我全程参与策划的"《儿童文学》金近奖"颁奖仪式终于在上虞国际大酒店隆重举行。

嘉宾包括:中国关心下一代工作委员会副秘书长李启明先生、中国少年儿童新闻出版总社副社长吴翠兰女士、《儿童文学》主编徐德霞女士、金近夫人颜学琴女士等40多位文化界名人,40位来自全国各地的首届"金近奖"获奖作家。此外,《人民日报》、中央电视台等16家国家级媒体的记者云集上虞。上虞市的市委书记、市长、各局局长以及各乡镇书记、镇长都莅临现场。也许觉得这样还不够表现上虞方对大会的重视,市里还邀请了浙江省作家协会领导等前来参加颁奖大会。

当然,除了我和金书记,大多数人都不知这个"童话"的来之不易。促成这个童话的金书记在这年2月被调离崧厦,担任市发改局局长。

近颁奖前的一个星期,接替金书记的领导终于过问了此事,这本是好事,但却出现了一个对我来说十分棘手的难题——活动要节约经费,参会媒体要从已经邀请的十余家减到6家。说实在的,当初是我们这里迫切希望多请几家媒体,让媒体多多宣传上虞,宣传崧厦。我们几次联系《儿童文学》,让他们竭力邀请国家级媒体。他们动用了很多关系,请到了诸如《人民日报》等媒体。可临阵了居然要回绝人家,这无论如何也说不过去,也说不出口。然而我深知,对领导是没有讨价还价的可能的。我该怎么办? 情急之下,我有办法了:这么大的一场活动,近120人的外地来宾,领导最后是分不清谁是媒体记者,谁是嘉宾的。再说,真到了那一天,领导一忙,哪里还会注意到这些呢? 况且,所有邀请的人员中,肯定会有不能到场的作家或领导。于是,我就以"落实"领导安排为由,悄悄地再次跟各大媒体确认了一遍。

　　这一难题算是被我解决掉了,可为了颁奖大会上节徽的安放问题,差点闹出了大事。那是25日早上,市委宣传部负责外宣的主任建议在布置颁奖大会的会场时,除了悬挂"金近奖"的节徽,还要挂上虞的标志,而且上虞的标志要放在"金近奖"的节徽的前面。其理由是这次颁奖大会的举办地是上虞,经费也是上虞出的,必须突出上虞。这样一来,可以利用媒体,特别是摄像、拍照等,将上虞宣传出去。主任说得当然在理。在电话中,我委婉地将意思汇报给《儿童文学》主编徐德霞女士。还没等我说完,徐德霞女士就大声责备:"你们南方人就是肠子多,今天一个主意,明天一个主意。你们的节徽爱放哪里就放哪里,我不来参加了!"这怎么了得,一场婚礼,缺少新娘或新郎的话,还有举办的意义吗? 再想想,这个奖从最初就是我们上虞方主动要求的,起初徐女士建议我们多想想,要对金近老师负责,不要一时冲动,到时候弄得不好收场。金近夫人更是劝说我们不要设奖,因为金近在世时作风低调,不喜欢铺张和排场。而我出于对学校发展的考虑,借用了金书记的意旨,最后感动了徐德霞主编。可现在,徐主编要"罢工",这就意味着"童话"的幻灭。我赶紧说了好多好话,竭力安抚她的情绪。我说,一切按照您的要求落实。挂了电话,我又说服了我镇牵头落实这次颁奖大会的分管领导。得到她的支持后,我们共同和负责外宣的主任商议,最终平息了这场风波。

28日晚上,来自全国各地的评委、记者、获奖作家等113人集聚在上虞国际大酒店。尽管我已经几个夜晚没有睡好,但眼见好梦成真,我依旧高兴极了。

当晚五点半,市委、市政府邀请所有参加"《儿童文学》金近奖"颁奖仪式的来宾,到国际大酒店一号厅参加晚宴。为了保证明天早上颁奖大会的隆重、热烈,我留在酒店,带学生彩排节目。早在四月初,我提出在颁奖大会上,安排小学生的童话表演,这样可以丰富大会内容,彰显"金近奖"的儿童味。双方组委会主任都觉得我说得有理。后来,副镇长李君囡建议将童话表演与这次活动的协办方——天外天伞业有限公司的儿童伞展示结合起来,理由是这次大会的获奖作家的奖金是"天外天"赞助的。好是好,可是将舞蹈与伞结合起来,倒真是一件难事。为此,我们从伞的设计、伞舞的表演等方面进行了多次修改、彩排。

29日上午,"《儿童文学》金近奖"颁奖大会在上虞国际大酒店国会厅隆重举行。我看着金近夫人颜学琴、上虞市市长王慧琳、中国关心下一代工作委员会副秘书长李启明、《儿童文学》主编徐德霞以及获奖选手代表轮番登台讲话。不管他们讲的是祝贺的话、感激的话、表态的话、赞美的话,还是鼓励的话,在我听来,都是那么悦耳动听。

我为自己导演的"童话"鼓掌!

那一年，我讲金近

2015 年初，上虞区委宣传部某领导打电话给我："何校长，5 月 18 日，上虞电视台有个《虞舜讲堂》栏目，想请你做一期有关金近先生的讲座，你有问题吗？"

"节目多长时间呢？"

"40 分钟。"

"40 分钟啊！"我心里一算，按每分钟讲 250 个字左右算，少说也要准备万把字的材料，这可不那么容易写哦。

"有困难吗？"对方问。

"要我去讲吗？"我明知故问。

"你觉得有比你更合适的人吗？"

没有。我心里说，但嘴上不说。因为，我知道，虽然只是在本地电视台讲讲，但文稿的撰写，演讲的语气、语调、表情、姿态等，都跟舞台演出一样，非同小可。

可是，别人去讲，不是一样如此吗？就在矛盾之际，我想起了自己与金近先生在 20 世纪 80 年代的书信交往；想起了自 2000 年起，我把先生之名用作校名，从此金近小学一路前行，声名鹊起，让我这个做校长的有了一种别样的自豪与光荣……突然间，我产生了一种舍我其谁的冲动与担当。我当即对着话筒说："好，我来准备。"

就这样，我用了将近一个月的时间，翻阅了有关先生的资料，又花了整整两天时间,写出以下这份演讲文稿。

2018 年 5 月 18 日,我走进了上虞电视台《虞舜讲堂》,用近似于背诵的方式,开讲了——

各位观众,大家好,欢迎大家走进《虞舜讲堂》。今天我将要为大家介绍一位著名上虞乡贤:他是贫苦农民的儿子,只读了三年私塾,12 岁便当了学徒,靠刻苦自学,走上了文学创作之路。他的童年充满心酸苦楚,他的作品却给亿万儿童带去无限的欢乐。他,就是中国的安徒生——我国著名儿童文学家金近。

童年在家乡

1915 年 11 月 7 日,金近出生在上虞前庄村。

金近的父亲金文高和母亲王爱真都是农民,然而老金家祖上是做酒生意的,属于半农半商的人家,境况比一般贫苦农民稍好一些。可惜当时时局不稳,经济萧条,金文高做了几次生意,都没有成功,家里日子就过得比较艰难。金近诞生的时候,大姐 14 岁,二姐也已 8 岁,两个哥哥生下来不久就夭折了。父母亲日夜盼望着能生个传宗接代的儿子。金近的出生,给家庭带来了不小的喜悦。

金近 7 岁那年,父母就送他到村里的陈家祠堂读私塾。第一天上学,教私塾的老先生教了四句《百家姓》里的话,大家就摇头晃脑地读起来:"赵钱孙李,周吴郑王……"读着读着,金近就笑起来,觉得这与夏天夜里小溪边的青蛙叫没啥两样,就忍不住与旁边的小朋友说起话来。老师看见了,把戒尺在书桌上重重一敲,厉声说:"你们现在是学生了,要懂得规矩,上课时不准交头接耳。"金近才知道读书是要守规矩的。

前庄村有一座五龙庙，供奉了一尊叫"元帅菩萨"的神。据说这位"元帅菩萨"是掌管沿海一带的风调雨顺、人畜平安的。他每年出巡一次，前庄村的人把这叫作"出庙会"。出巡这天，场面非常隆重，附近的老百姓都来烧香磕头、看庙会、凑热闹。庙会这几日，前庄村比县城还热闹，到处是摆摊卖布的、卖草药的、卖杂货的……但是对金近他们这帮孩子来说，最感兴趣的是看各地来的戏班子唱戏。戏班子的锣鼓家什敲得特响，唱腔也极高昂，老远就能够听得见。戏台子每年都搭在庙门对面，金近他们总是还没有等到开锣，就早早地爬到大殿上面，抢好了位置。

演的折子戏大都是《三国演义》《水浒传》《西游记》或《说岳全传》里的片段，但金近当时还不知道这些小说，他只是看热闹。在看热闹的过程中，还是基本看懂了故事。比如说，戏中那个怀里揣着婴儿与人战斗的是赵子龙，是一个英雄，抱的孩子是刘阿斗，这出戏叫《长坂坡》。那个光着膀子的是岳飞，他母亲在他背上刺了"精忠报国"四个大字，让他记住要热爱自己的国家。那只穿衣服的猴子是孙悟空，因为和玉皇大帝不和，打到凌霄殿上，把天兵天将杀得落花流水，这出戏就叫作《大闹天宫》。那个用拳头打猛虎的人叫武松，是水泊梁山一百零八将里的一位英雄，他喝醉了酒，上山时遇到了老虎，就空手打死了猛虎，为地方百姓除了一害。

过年的时候，金近最喜欢的就是看家家户户张贴起来的年画，前庄人叫作"花绿图"。这些画是彩色的，除了《年年有余》《财神送宝》等单张的外，大都是一张讲一个故事，分为许多画面，内容很丰富。如《白蛇传》《穆桂英挂帅》《刘备招亲》《天下第一桥》等。每年过年，金近都要借故去邻居家观看这些图画。

戏文与年画激起了童年的金近对故事的兴趣，也为他增加了不少历史和文化知识。金近晚年写过一篇回忆文章，写到自己是怎么和儿童文学及动画电影结缘的："我接触文艺，大概是从家乡看草台班的戏开始的。另一方面是新年里人家买了'花绿图'来贴在墙上，我不止一次地去看，这些画色彩鲜艳，是很吸引我的。这也算是我最早接触到的文艺。"

事实上，草台班的戏及"花绿图"，不仅引导童年的金近接近文学艺术，而且也影响了他的为人。金近一生为人正直，不畏强暴，敢于斗争，与童年接触民间艺术是分不开的。

前庄村还有一种更普遍的民间艺术，也是对童年的金近影响最早的，那就是儿歌。这些儿歌大都是在母亲哄他睡觉或者夏夜乘凉时唱的，例如：

一箩麦，两箩麦，

三箩开始搭荞麦。

噼噼啪，噼噼啪，

噼啪噼啪噼噼啪。

这种儿歌的形式和内容都很朴素，而且可唱可玩。

有些儿歌也是阿婆阿妈们编的，但想象力很丰富，较有情趣，容易激发孩子的想象，例如：

月亮婆婆侬有几个囝？

我有十个囝。

一个囝，叫他去揩桌，

揩了四个角。

在这许多民歌中，金近最喜欢的是前庄村附近一个叫蔡林的地方流传的一首民歌，它是这样唱的：

蔡林蔡百家，

日日夜夜柯（捕）鱼虾。

打来鱼虾别人家，

自吃三餐豆腐渣。

严格讲起来，这不能算是一首歌，只是发自肺腑的几句心里话，朴素、平凡，没有一丝雕饰的痕迹，却明白无误地表达了作者的意思，老百姓一听就懂。童年时期聆听到的民歌、儿歌，给金近留下了很深的印象，在他一生创作的众多诗歌中，绝大部分是与家乡民歌的风格接近的。例如抗战胜利后，为了揭露国民党反动派滥发纸币，造成物价飞涨，民不聊生，他就写了一首诗歌《老公公养猪》：

隔壁老公公，

养了一只猪。

每天喂豆渣，

要喂两斤多。

豆渣价钱高，

还是喂青草。

青草猪不吃，

你说怎么好？

这首诗歌在写作风格上与"蔡林蔡百家"非常接近，不用华丽的辞藻，没有慷慨激昂的呐喊，它只是大白话，但却句句真实。

金近在前庄村度过了一个生活清贫的童年，一个精神生活丰富的童年。

苦难的学徒生活

金近12岁的时候，生活的重担使他父母再也扛不住了。于是，在亲戚的引荐下，父母决定送他去上海当学徒。

景兴盛百货店开在上海新闸路上，是一间单开间门面的小店。金近来到这里当学徒。

大年初一清早，老板家来了客人，老板忙迎上去说"恭喜发财"，朝金近挥手叫他快去泡"元宝茶"。金近跑进里屋，看见桌上放着细瓷小茶碗，上面有个盖子，边上放着两个青橄榄，老板娘叫他把"元宝"放在上面。金近不知道这青橄榄就是元宝，心想，把青橄榄放在盖子上多别扭，就把它泡进茶水里了。老板见碗盖上没有"元宝"，厉声问："元宝呢？"金近被问得一头雾水，不知怎么回答，突然他记起老板娘说过"元宝"的事，好像就是指的青橄榄，就怯怯地说："泡在水里了。"老板一听"元宝"泡了汤，大发雷霆，狠狠地拍了一下桌子，骂道"笨赤佬"。金近知道闯祸了，赶紧躲到一边。

在1927年秋至1929年冬的两年多时间里，金近当了四次学徒。受尽了老板的欺压。那时，看到别的孩子背着书包去读书，金近多么希望自己也能走进学校啊。

金近的二姐也在上海给人家当小裁缝，看到金近渴望读书，于是想方设法要给他找一所学费便宜的学校。姐弟俩因生活艰辛很受周围邻居的同情，有一位好心人告诉他们，附近有一所"华童公学"，学费是可以减免的，并帮助金近进了这所学校。

值得欣慰的是，在这所学校里，金近还遇到了一位令他铭记一生的好老师，他就是教国文的方成章先生。

方老师讲课从不看讲义，从不照本宣科，上课就像讲故事一样，生动、活泼、有趣。他在讲课中穿插的小故事都是有目的的，有的要学生爱国，有的要学生讲正义。在方先生的影响下，金近克制不住写作的欲望，在完成老师布置的作业后，写了几篇小故事交给方先生。方先生认真读完后，拍着金近的肩膀，亲切地说："嗯，不错，想象力蛮丰富！可以投给报社。"

1933 年,金近找到了一个临时性的抄写员工作。这对于金近来说,可以算是一个很好的机会了。可是又遇到了一个难题,自从在方先生那里养成了读书的习惯,他深深地爱上了读书。他多么渴望阅读,可是他没有书。

有一次,金近偶然听人说南京路大陆商场楼上,有个《申报》的图书馆,是向市民开放借书的。《申报》是上海的一份大报,发行量非常大,在社会上的影响也大,所以它很注重社会公益事业。金近抱着试试看的态度,来到了图书馆。

图书馆里的先生让他填了一张表,收了他两元钱押金,就给他办了一张借书证。金近走进了图书馆,这里的书真多啊,社会科学的、自然科学的,包罗万象,十分齐全。特别是文学方面的书籍,新出版的小说、诗歌、童话、戏剧……样样都有。金近像个饥饿的人,一有空就贪婪地扑在阅读上。这段时间,他接连阅读了鲁迅、郭沫若、茅盾、叶圣陶、冰心、巴金等作家的作品。

在流浪中开始创作

1935 年,二姐家的邻居何公超创办了一份《儿童日报》,他看到金近老实,就叫他到《儿童日报》去做杂务。这是一份比较固定的工作,又是文化性质的,金近十分高兴。

在《儿童日报》社工作,金近对写作的兴趣比以前更浓厚了,好在投稿不需要花钱,写好后迈开双腿自己送去就行。有一次,何公超先生看他在阅读《儿童世界》,高兴地说:"你的童年生活很丰富,也可以写成故事,投给自己报馆。"

金近当时正 20 岁,对童年生活还记忆犹新。在前庄村的时候,他和小伙伴在海滩上拾泥螺、捡螃蟹，特别是放纸鹞，非常有趣。金近突然产生了灵感，自己这些年来的生活不就像一只纸鹞吗？从学徒到小职员，从没有多少文化到能阅读各种书籍，再发展到今天能写新闻稿件，不是正像一只借风上升的风筝吗？他越想越激动，文思泉涌，于是他创作了自己平生第一篇童话《老鹰鹞的升沉》。

几天以后，这篇文章被刊登出来了。这是金近有生以来第一次发表作品，他读了又读，总觉得看不够。

抗日战争爆发后，《儿童日报》停刊，金近失业了。第二年，金近来到了重庆。

山城重庆的郊外，有一座高大又古老的寺院，叫龙车寺。当时这座寺庙被改为重庆市流浪儿童教养院第一分院。金近通过何公超的关系，来这里任庶务，其实就是管教养院里的杂务，相当于现在的总务。

四个月后，教养院教员不够，金近被聘为第二中队的教员，开始了教员生活。

这段当教员的经历，使他接触到许多不同身世的穷苦孩子：他们有的家被日本飞机炸掉了，父母都死了，成为孤儿；有的从远方逃难出来，和家人失散了，只能靠偷窃为生。每个孩子，都有悲惨的遭遇。正是这些经历，成了金近要为孩子说话，要为孩子写作的根源。那时候，他买了一本日记本，每天记下一段和孩子们相处的小事，作为自己的创作储备。

1942 年 4 月，金近在重庆考入了《时事新报》报社，正式踏入新闻界。在英国新闻处，他认识了进步作家徐迟，通过他结识了夏衍、乔冠华、冯亦代、戈宝权等著名文艺家。他们经常在一起研讨写作，评论中外名著，交流各种文艺理论。这些活动，大大拓展了金近的写作视野,他的创作日趋成熟。1948 年,金近出版了童话集《红鬼脸壳》和儿童诗集《小毛的生活》两个集子。

就这样,金近终于以自己的努力跨进了儿童文学的门槛,而且沿着台阶一级一级攀登!抗战的岁月里,金近成熟了,写出了一大批高质量的儿童文学作品,奠定了自己在儿童文学界的地位。

1948 年初,在金近的生活中发生了一个比较大的变化,经贺宜介绍,他接触了中共上海地下党领导的《新少年报》。在一次聚餐会上,结识了报社的编辑颜学琴。她热爱音乐,擅长弹钢琴。金近在她的影响下,对音乐,尤其是古典音乐也很喜欢。由于共同的兴趣爱好,他们俩聊得极为投机,颜学琴还为金近的部分作品谱了曲。

立志献身儿童事业

1949 年 5 月 27 日,上海解放了。

6 月 25 日,金近和巴金、陈望道,还有戏剧界的梅兰芳、袁雪芬等坐火车由上海前往北京,参加全国首届文学艺术工作者代表大会。在会上,他们见到了毛泽东主席和周恩来副主席。

大会结束后,金近没有回上海,而是直接前往东北电影制片厂,担任该厂的美术片编剧。在那里,他创作了新中国第一部动画剧本《谢谢小花猫》,后被拍成电影。一年后,东北电影制片厂的美术片组并入上海电影制片厂,金近也回到了他熟悉的上海。1951 年,他又创作了《小猫钓鱼》《采蘑菇》等动画片。

在童话创作有所收获的同时,他也收获了爱情。1952 年"六一"儿童节,他和颜学琴女士在上海举行了婚礼。

1952 年 6 月,中华全国文学工作者协会为促进儿童文学创作的发展,把金近调至北京。

这期间，金近提出了自己的一系列童话写作理论，尤其坚持童话要有教育性的观点。针对有些作者认为童话主要就是逗孩子一乐，于是出现了一些低级趣味，甚至是思想很不健康的童话的现象，金近在各种场合多次说："如果还承认儿童文学作家就是儿童灵魂的工程师，那么就应该抱着严肃的工作态度，怀着热情与关怀，写出真正有教育意义的童话作品来，使儿童明确辨识善与恶、是与非、美与丑。""儿童文学作家，就应当是一个教育家。"

在这种思想的指导下，1956年，金近创作了传世之作《小鲤鱼跳龙门》。当时国家正处于第一个五年计划后期，正是各条战线上建设社会主义的高潮。

金近从参观水库得到启发，从童话角度来歌颂这个伟大的历史时期，反映社会主义建设的伟大成就。故事通过几条小鲤鱼找龙门、话龙门、跳龙门的情节，写出了当时人们建设社会主义的饱满热情。在创作过程中，金近始终把握童话的特性，把幻想性、现实性和小鲤鱼的生活习性自然地结合起来，避免了牵强附会，突出了童话有趣、夸张、浪漫的色彩。我们来看看其中一部分：

小鲤鱼们高兴得不得了，叫着跳着，这座高大的铁桥在他们眼中就是龙门，等着他们去跳。小鲤鱼们又发现可以从桥下游过去，就急急地游到了铁桥的那边。忽然，一列火车喷着白烟从桥上驶过，小鲤鱼们以为这就是传说中的龙，吓得赶快藏到了水底。

等到火车开远了，小鲤鱼们才露出头来看，吓坏了的他们只想赶快离开这个地方。

小鲤鱼们使劲地游着，游到一个急流的水草堆后面，碰见一条大鱼，带着一群鱼娃娃往下游游去。大鱼看到他们就说："喂！小家伙，上边去不得，大水会把你们冲跑的，快回去吧！"

小鲤鱼们说："我们要去跳龙门。"

大鱼好像不相信似的，摇摇头说："嘿！跳龙门？别做梦了吧。"说着，带着鱼娃娃游开了。

河水更深了。领头的小鲤鱼鼓足力气，嘣地往上一跳，他看到前面有什么新奇的东西，想看个清楚，又嘣地一跳，他赶快回到水里对伙伴们说："我告诉你们，我看到龙门啦！"

"啊！高不高？"

"在哪儿？"

其余的小鲤鱼们一面问，一面扑通扑通地都跳起来看。他们在水里直嚷嚷，每条小鲤鱼都说自己真的看到龙门了。那龙门像一座桥，可是没有一个桥洞，高高的，斜着立起来，全是大石块堆砌起来的，又像个山坡。这样高大的龙门，除了往上跳，谁也游不过去的。那上面还插着许多面红旗，被河面上的风吹得啪啦啪啦直响。他们相信，这才是真正的龙门。那么谁能跳过去呢？

金近描绘了横跨河面的大桥，新建铁路上飞驰的火车，插满红旗的水库，然而在小鲤鱼眼里却成了龙门、大龙……现实生活中的宏伟建筑，在小鲤鱼们天真烂漫的想象之下，变得生动有趣，使人读起来觉得流畅、自然、生动。冰心老人这样评价金近："金近所用的话都是最通俗的儿童语言。他的这些生活就是跟儿童融化在一起，平起平坐地用孩子的语言来跟孩子说话。"

1957年冬天，中央号召作家要深入到工厂、农村去，金近主动申请前去，希望到浙江老家体验生活，被中央宣传部批准了。临行前，周总理专门接见了他们，总理与每位作家紧紧握手话别，祝他们在体验生活的基础上，写出伟大的作品来。总理的话给了金近很大鼓舞。

春节过后，省委宣传部决定他落户到临安县，任临安县委宣传部副部长。当金近知道有一个父母已去世，只剩下三个孤儿的家庭时，主动要求县委将他安排到三个孤儿家。就这样，他来到了三个孤儿的家，和他们结成了一家亲。

1963年金近又调回北京，负责筹办《儿童文学》杂志。

夕阳西下别样红

"文革"期间，金近和所有的作家一样，停止了创作。

打倒"四人帮"的那年，金近早已年过花甲。金近老了，不是"早晨八九点钟的太阳"，而是"西沉的夕阳"。但这西沉的太阳，却发出别样的光彩。

从干校调回中国少年儿童出版社后，金近开始筹备《儿童文学》复刊，为复苏童话作种种努力，顶着压力为《人民文学》《上海文学》等权威刊物写作童话，发表了《小白杨要接班》《想过冬的苍蝇》《一篇没有烂的童话》等作品，忙得不亦乐乎。当时中国文坛正值伤痕文学流行，金近的目光及笔锋却没有触及这些，他竭尽全力去恢复、发展童话。

在这一时期，他前后写了《看门的大黑狗》《狐狸打猎人》等二十多篇童话，这些童话实际上取材于成人生活，可以说是写给成年人读的，也可以说"老少咸宜"。虽然文字仍然浅显、幽默，寓意却十分深刻、尖锐，毫不留情地直指当时社会的一些问题。

在这类童话里，写得最成功的无疑是《狐狸打猎人》了。这个故事是这样讲的——

一个好吃懒做、不学无术，只会背着猎枪装装样子的猎人，被一只根本不存在的传闻中的"可怕的狼"吓破了胆子。结果狡猾的狐狸抓住了他怯懦的弱点，和老狼勾结起来，夺掉了他的猎枪，逼他交出子弹,还押他到山上去教自己开枪……金近对这个胆小如鼠、贪生怕死、毫无骨气的猎人的刻画是一层一层进行的,逐渐接触到他的灵魂。

金近写这个猎人想上山打猎又不敢上山,最后挑选了一条最大的山路。他想,狼都是躲在小路上的,要是真的碰上,在大路上逃起来也方便。这猎人一开始就胆怯,哪里还有一点猎人的气概呢? 待看到了一只狼,他的表现就更糟糕了:

他走得身上热烘烘的,想找个地方歇一歇,抬头往前面一望,啊! 一只狼,他知道真的碰上这只最可怕的狼了,连再看一眼都不敢,赶紧转过身来想逃。偏偏他的两条腿只会突突地发抖,拔不起来了,像给钉子牢牢地钉在地上一样。他赶快扑倒在山路上爬着逃,可是手也抖得厉害,不听他的使唤。这段山路又陡又滑,他的手攀了个空,就骨碌骨碌往山下滚,一直滚到半山腰,给一棵松树的枝丫钩住了。他翻身爬起来,抬头望望,已经滚了很长一段路,可是那只最可怕的狼还站在山路上,那样子真可怕,什么两颗大牙、三只眼睛、四只耳朵,还有五条腿,他相信自己都看得一清二楚啦,他想把猎枪背好,逃得快些,可是一摸背上,猎枪丢啦,那一定是滚下山来的时候丢掉的。猎枪就是猎人的命,一个猎人没有猎枪怎么行呢? 可是他现在要的不是猎枪,是怎么能逃得快。他浑身发抖,没法跑,只好扑倒在地上往前爬,爬着爬着,好不容易才爬到自己家,进屋就躺在床上吓得动也不敢动了。

这个猎人胆小怕死的神态,已经描述得够形象了。其实,就因为心里怯了,就会产生许多自己吓唬自己的幻想。金近这样写,实际上是写了有些人(包括孩子和成人)的通病,这类人总是不相信自己的力量,往往还没碰到真正的困难,自己心里就虚起来,而且越想越怕,情不自禁地做出种种魂不附体的狼狈相。然而金近对人物的刻画并不就此满足，他要进一步使这个人物典型化，于是就写他失魂落魄地去找最有经验的老猎人，说出他心里的想法：

"我的猎枪丢啦……我什么也不想要啦，饭也不想吃，觉也不想睡，像做噩梦一样地害怕。现在我就想来问问你，请你告诉我，有人说，人死了有灵魂，还会动，那么我现在是不是还活着？说不定我已经死啦，是不是跟你说话的是我的灵魂？你瞧瞧，到底我是活着，还是已经死掉了？"

这个猎人已经被吓得神魂颠倒，连自己究竟是活着还是死了也弄不清楚了，真是又可悲又可气，所以老猎人告诉他："一个猎人丢了自己的枪，吓得像你这个样子，活着也好，死了也好，反正都一样！"应该说，这已经可以算是结论了，主题已经点了出来。

但是为了使这个贪生怕死的人物更典型，金近把他的可悲展现得更淋漓尽致。故事中的狐狸抢到了猎人的枪，胆子更大了，它干脆一不做二不休，扛着空猎枪找上门来要子弹了：

"咚！咚！咚！"狐狸敲了三下门。

年轻的猎人问："谁呀？"

狐狸笑眯眯地说："我就是山上的那只最厉害的狼，你忘啦？"

年轻的猎人一听到那只最可怕的狼找上门来了，吓得浑身直发抖，他嗖地一下倒在床上，赶紧抓起被子蒙住脑袋，连呼吸都不敢响出声来。

狐狸跑到窗口边往里一望，哈哈笑着说："你怕什么呀？只要你给我子弹，我就不吃掉你。"

猎人钻在被子里抖得可厉害啦。你要是在旁边，就能听到他的牙齿、他身上的骨头都抖得咯咯咯响。他要说话都很困难，好半天才说出来："你……你千万别……别……别吃掉我。你要……要什么，我就给……给你什么。"

狐狸站在窗外边说："那你快把子弹拿给我吧。"

这个猎人还是不敢露出头来瞧一瞧，他只是闷在被子里说："你自……自己拿吧，子弹都放……放在袋子里。"

"那么袋子呢？"

"袋子放……放在箱子里。"

"箱子呢？"

"箱子放在床……床后边。"

"可是我进不来啊。"

"你只要把门……门往上一提，就能打……打开来。"

当然，狐狸毫不客气地拿走了沉甸甸的一口袋子弹，临走的时候，顺手抓走了猎人心爱的母鸡。猎人听见母鸡咯咯地挣扎，可是他心里却在想：难道为了小小一只母鸡就白白送掉自己的命吗？只要他自己的命能保住，就是再抓走一百只母鸡，他也心甘情愿。

对待这样一个孬种，狐狸当然就不把他当作人看待，甚至让老狼把被吓得魂飞魄散的猎人押到山上去，教它们两个开枪。但是这一回没有逃过老猎人的追踪，老猎人在大树背后砰砰两枪，把狼和狐狸打死了。至于这个年轻的猎人呢，最后金近是这样写他的：

可是那年轻的猎人呢？还一动不动地躺在地上。他是不是还活着？是不是已经吓死了？那就不知道啦。其实老猎人早就说过，一个猎人丢了猎枪，在野兽面前只会发抖，那么就算是活着，也跟死掉的一样了。

这是金近充分展开想象，创作的一个夸张的童话，事实上不会有这样的怪事。这则故事讽刺了现实生活中某些唯命是从、颠倒是非的软骨虫。金近认为只有层层剥笋似的将这种现象揭露出来，才能让读者认识到这种懦弱性格的可悲与可恨，并从自己身上清除这种性格的残余。

那段时间，金近不辞辛劳、夜以继日，他要站好一个童话作家的最后一班岗。诚然，勤劳是一种美德，但勤劳对一个高龄老人来说是一种对精力的耗费。

1989年7月9日，金近的脑溢血再度复发，他再也没有醒来。

金近走得太突然，令朋友们及广大读者没来得及作一点思想准备，他还有许多事情要做，可是生命没有给他留下时间。一个人，即使是大众非常热爱的好人，要去另一个世界，这也是谁都留不住的。如果一定要留，也只能把他留在自己的心里。

金近做到了这点。

他去世的第二天，北京各主要报纸及各省主要媒体公布了著名儿童文学作家金近逝世的消息。

在北京举行的遗体告别会上，不少中青年及少先队员向维持秩序的工作人员说道："我是从小读他的童话长大的，从来没有看见过他。今天必须见他最后一面。"

他的朋友纷纷撰文纪念他。冰心老人深情地说："我的那本《再寄小读者》，因为脱离了儿童，越写越'文'，到了只可'静读'而不可'朗诵'的地步！因为朗诵出来，儿童一定听不懂。不像金近，他是一个不但热爱儿童，而且理解儿童的作家，他写的作品都是对小孩子说的大白话。"

著名作家严文井说："金近一心一意地为少年儿童写作了一辈子，留下大量好作品。他的朴素、诚恳、埋头苦干的奉献精神转化为他作品中的光辉，在孩子们心中闪亮。"

作为金近先生的家乡，当时浙江省上虞市的市政府，以各种不同的方式纪念这位杰出的游子。

金近去世不久，当时的上虞市政府在风景秀丽的龙山上，为金近营建了一方坟墓。著名作家冰心在墓碑上亲笔题词："你为小苗洒上泉水！"

1994年，上虞市委、市政府联合举办了"著名儿童文学家金近陈列室"落成典礼。

2000年，上虞市将金近家乡的四埠小学更名为金近小学。

2007年，上虞市在金近小学建起了金近纪念馆。

2011年，上虞市和金近生前创办的北京《儿童文学》杂志社，联合设立了面向全国的"《儿童文学》金近奖"。

2012年，首届"《儿童文学》金近奖"颁奖仪式在上虞国际大酒店举行，汤汤等42位儿童文学作家荣获此奖。

2014年，第二届"《儿童文学》金近奖"在金近小学举行颁奖仪式，曹文轩等36位儿童文学作家荣获此奖。

童话不老，金近永生。

童话路上（代跋）

说实话，走上教育岗位继而成长为一名特级教师、一名小学校长，这事连我自己都觉得有点像是"童话"。从小，我喜欢天马行空地想象，想着做一位童话作家。后来，阴差阳错，我成了一名老师。42年的教学经历，让我越来越坚信：儿时最本真的兴趣爱好，就像一幅画里远处的风景，虽不那么夺目，更不那么张扬，它却是画中不可或缺的底色，是抹不去的背景，甚至是整个画面的气质和灵魂。

"手指头还有长有短"

1979 年春，家乡村小要招一位代课教师，我参加了考试。这一考，我毫无悬念地考过了，当上了代课教师。这下我便一辈子与教育结缘了。那一年，我还不满 16 周岁。

2 月 17 日，生产队长通知我去教书，我紧张得有点发抖。

那天早上，母亲早早起床，为我请了灶君菩萨（我们家乡参加工作时的一种风俗）。在菩萨面前，母亲一边化纸钱，一边对我说："当老师说难很难，说不难也不难。只要对小人（小孩子）好，就可以教好书。"

"只要对小人（小孩子）好，就可以教好书。"那时候，我无论如何也没有想到，母亲这一句平淡、朴素得就像白开水一样的嘱咐，竟囊括了无数中外教育家的至理名言。

我领着母亲的"训诫"走进了学校。学校让我教语文兼任班主任。为了多接触小人，待小人（小孩子）好，我还对学校领导说，我会唱歌，能不能再让我教一门音乐。学校领导当然高兴。

为了对小孩好，我在语文课上，要求学生学过的课文必须会背会默；教过的歌，必须会吟会唱。可问题来了。唱歌倒没什么，不会唱的声音小一点，会唱的嗓门高一些。但学过的课文不会背的就是不会背，不会默的就是默不了。这不行，我对孩子们实施"关夜学"，背一个，放一个。有一次，我关一个孩子背课文背到日落月升，孩子的母亲照着手电筒来到学校。看到母亲，背不出课文的孩子大哭起来。我去帮他擦眼泪，那孩子竟狠狠地咬住了我的手，我用了好大的劲才挣脱了。孩子却趁机跑出了教室，投进了黑夜里。孩子的母亲也没好脸色，转身就走。

我带着伤痛回到家。母亲看到我手腕上的大红牙印，问我发生了什么。我把满腹的委屈一五一十地告诉了母亲。母亲听后，一面揉着我的伤口，一面对我说："其实，那小人（小孩子）咬你也是有道理的。"

"有道理？"我惊讶地问。

"你想想，叫你一天到晚又背又念，你会不厌烦吗？"

"你不是说要我待小人好吗？"

"那也不要强迫小人。会背的就背，不会背的可以读，不会读的让他跟你念。"母亲说到这里，拉起我的手说："你看，手指头还有长有短，哪能人人都会背的。"

母亲没有再说什么了，走进厨房，从锅里给我盛上了热着的饭菜。我望着母亲，回想着母亲刚才所说的话，若有所思。

第二天的语文课，我用了母亲教我的方法，对于教过的课文会背的就背；不会背的可以读；再不会读的，我念一句他跟念一句。这一招还真灵，到下午放学，50个孩子个个过关，喜笑颜开。昨天咬我的男孩也大声地读出了课文，显得很高兴，离开时还用他脆脆的嗓子对我喊再见。我忽然觉得班上的每个孩子都很可爱，而且都很聪明。

有一次，我上《小猫钓鱼》。我念完课文后，有一个孩子举起手，告发他的同桌在我念课文时，在做小猫吃老鼠的动作。我问原因，那小男孩说，他听着听着，就不知不觉地玩起了小动作。我让他再做一遍，那小男孩还真表演了。说真的，那小孩子表演小猫捉老鼠的动作，特别是神态，太逼真了，说实话都吸引了我。一不做二不休，我索性让那小孩走到黑板前，让大家学着他的样，配合着我的朗读，做"小猫吃老鼠"的动作，教室里乐"爆"了。就这样，我的教学生涯里，诞生了第一节集读、演、讲于一体的童话教学课。课上完后，孩子们围住我，纷纷要求下一次语文课也这样上。我问孩子们，除了小猫，他们还会表演什么。孩子们七嘴八舌、又蹦又跳，有的说会演猴子，有的说会学小狗，有的说会演小熊⋯⋯孩子为什么都那么喜欢演小动物呢，我陷入了沉思。

我父亲是个戏迷，受父亲的影响，我五六岁开始，就跟着父亲去生产队操场上看戏。父亲的肩膀，几乎成了我童年戏场的"专座"。

在众多的戏文里，我最喜欢看的是神话类的戏文，如绍剧《大闹天宫》《张羽煮海》《柳毅传书》等。在众多戏文里，我最喜欢看那篇叫《三打白骨精》的戏，虽然戏里的白骨精是个坏人，但她一会儿变村姑，一会儿变成老大爷，很是吸引我。记得无数个梦里，我也像白骨精变成各种各样的人，甚至还变成会飞的人。

那时候虽然我不知何谓教育学，何谓心理学，更没听说过文化心理学，但由于牢记母亲"只要对小人（小孩子）好，就可以教好书"的叮嘱，以及"手指头还有长有短"的比方，我开始意识到当好一名老师，光有待孩子好的心还不够，还必须有一套待孩子好的方式与方法。因为，孩子的想法与我们大人不同，他们喜欢学习他们感兴趣的东西，喜欢用他们所喜欢的方式学习知识。为找到"道理"，我开始关心起这方面的"学问"。有一次，我从一本书里读到这样一句话："儿童思维与人类原始思维相近。最突出的一点就是爱幻想，幻想贯穿着整个童年的生活。"我猛然体会到：我的那堂课，那次作文，正是呼应了儿童的幻想心理、泛灵心理，打开了孩子的话匣子，所以他们就觉得有话可说，有事可写了。这以后，我开始有意识地用讲故事、读故事的方法，带着孩子学语文。

那时候学校根本没有什么图书馆，农村孩子的手里也没有多少故事书。我就决定利用自己的写作特长给孩子们写童话。那段时间，我每周至少写一个故事。每写一个，就给孩子们念一个。孩子听得哈哈大笑，认为我写的故事"跟书上写的一样的"，我就投给杂志社。几年下来，我发表了四五十篇童话下水文。绍兴市作家协会还将我吸收为市级会员，后来我又成了浙江省作家协会会员。

"小鲤鱼"飞起来了

1996年初，上级任命我为四埠小学校长。

四埠小学是所很小的农村小学，和大多数农村学校一样，长期走着应试教育的老路子。老师教得很累，学生学得很苦，厌学现象屡有发生。我决定用童话改变这种现状。

1998年，我利用校长的"特权"，在全校学生中挑选出48个写作较好的孩子，成立了一个文学社，取名"小鲤鱼文学社"，我担任文学社的指导教师。

9月12日,是我们"小鲤鱼文学社"正式活动的日子,我把全校老师"拉进"了我的童话写作课堂,记得那堂课我是这样上的——

我说:"今天我来学校路上,碰到了一只小兔子。那小兔子对我说,我家就在你们学校隔壁,大家也算是邻居。我经常听到学校老师在广播里对小朋友说要'干好事,做好人',我觉得老师们说得对,我真希望我能像小鸟一样飞起来,那我也可以做好事啦。"故事讲到这里,我启发大家:"同学们,如果小兔子真长出了翅膀,它会去做什么呢?"

被我一问,孩子们的兴趣来了,想象的闸门打开了。有的说小兔子生出翅膀后,飞到彩虹姐姐那里借彩虹,做成漂亮的蝴蝶结,送给瘸了腿的兔子妹妹。兔子妹妹戴上彩虹蝴蝶结后,竟飞到了月宫里,原来,她就是从月宫里跌下来的小兔子;有的说小兔子长翅膀后,飞到天上,向天爷爷借星星,把星星挂在村口的桂花树上,替小燕子、小喜鹊照明;有的说小兔子长了翅膀后,和小鸟一起参加飞行比赛,还拿了大奖呢! 我一边高兴地收获着孩子们的想象之果,一边不失时机地引导孩子补充前因后果,最终变成一个完整的故事。

课堂非常热闹,孩子们的发言此起彼伏,十分踊跃。我因势利导,教孩子们通过手中的笔,自由表达兔子长了翅膀后会去做些什么,并说大家写好后,可以举行一个故事会。孩子们的写作热情高涨,加上确实有话可写,没过多久,一篇篇有趣好玩的故事就写成了。

三个月后的一天,那天窗外下着大雪,我把孩子们从雪地里叫进了教室,因为我心里藏着一个比看雪更大的喜讯。我从讲义夹中取出一张报纸,高高一扬:"告诉大家一个好消息,咱们'小鲤鱼文学社'的李静静同学的童话《会飞的小白兔》发表在《少年儿童故事报》上了,而且还是头版第一篇呢!"

"真的?""啊!""太棒了!"教室里一片喧闹,尖叫声、喝彩声几乎快要把屋顶给掀了。我发现,那个叫李静静的女生,她的眼睛里已经饱含泪花了。她现在是我校五年级的学生,她原本跟随着她在上海搞建筑的爸爸,在上海一所小学读书,去年才转到我校读四年级。刚转过来,因为不习惯这里的教学方法,一度想重新转到上海去念书。后来学校组建了"小鲤鱼文学社",爱好写作的她报名参加了文学社。一到我的童话课上,她的整个人像上紧了发条的钟摆,一刻也闲不住。我提出的每个问题,她都想争着回答。我常常见她小脸发红,小眼大睁,小手高举,仿佛她就是为童话而生的。

我第一次读这篇《会飞的小白兔》,就觉得她很会编故事:小白兔利用自己会飞的本领,摘来了星星送给一直处于黑暗中的小老鼠。可小老鼠利用小白兔的善心,变着法子,从小白兔手上骗取小星星,然后高价卖给别人。小白兔知道后,毅然揭穿了小老鼠的诡计,使小老鼠的丑恶行径暴露无遗。整个故事情节曲折,故事味很浓,想象更为奇特,语言也极富趣味。

我一字不落地念完了故事,对沉浸在故事中的孩子们说:"李静静同学的童话被发表,说明大家的写作水平是很棒的,只要大家坚持写,每个同学的童话都能发表。现在,请大家往窗外看,你们看到彩色的雪花了吗?"后面的这句话显然是我将话题转向了本节童话课的指导。学生一下还没有反应过来,他们看到窗外确实在下雪,可这雪不是彩色的。我笑着引导:"天爷爷下的是白雪,但你可以看作是彩色的。想象一下,如果下的是彩色的雪,小动物们会去做些什么?"

到底是学童话的,经这一提醒,他们恍然大悟,文思泉涌。一个月后,有两位小社员的作品发表在湖南省的《小溪流》杂志上。

就这样,两年下来,我们的"小鲤鱼"们飞出了学校,飞出了绍兴,甚至飞出了浙江,孩子们在全国多家报刊上发表了 100 多篇童话故事。后来,我们还在浙江省首届作家节上,获得了全省唯一的"先进社团奖"。

把校园做成童话公园

我一直认为,用童话开展教育并不是要把所有的孩子培养成童话作家,那是不现实也是不需要的,但我要让每一个孩子都能享受到童话带给他们的快乐和美好。于是我提出了各门学科老师都需要充分利用童话的内容、形式、精神等,结合着开展教育教学。比如,语文课里增加一些课内外童话故事的阅读,数学课里可以编编童话应用题,音乐课里可以唱唱童话歌曲,美术课中画画童话主题作品等。由于已有之前的童话教学的成功案例,广大教师的教育教学积极性较高,5 年下来,我们做了 3 个省级童话教育课题,学校被浙江省教育厅评为浙江省示范小学,浙江省童话教育特色学校。

有一次,省厅有位领导来我们学校考察后,戏称我为孩子们打造了一个"童话世界"。

说者也许无心,但我还真产生了打造一个"童话公园"的野心。我觉得,几年下来,学校童话教学的内涵有了,但在学校环境上,与别的农村学校相差无几。无论是教学楼的建筑风格,还是楼舍的命名和学校各类标语,俨然一个整天板着脸训人的"老学究",没有童话的那种活泼、快乐与温暖。

20 世纪末,乡村小学办学经费十分紧张,学校常常连教师外出听课的钱也报销不出来,更别说去布置童话化的校园环境。但我相信事情总是人做出来的,有钱可做大事,钱少就做少花钱甚至不花钱的小事。

学校进门处有个小花园,胡乱地种着一些树。我想:金近先生一生写了几百个童话,学校何不选取其中几个,将这些树装扮成童话中的人物呢?这样,既美化了花园,又营造了童话氛围,小朋友肯定会更喜欢。说干就干,我在金近先生的童话作品里,挑选了 10 个为孩子所喜闻乐见的故事,和总务主任一起,花一个国庆长假的时间,把现成的树修剪成了《小鲤鱼跳龙门》里的小鲤鱼、《小猫钓鱼》里的小猫、《狐狸打猎人》里的小狐狸等动物造型,或大或小,或高或矮,乐得孩子们一下课就去"接见"这些"绿贵人"。就这样,没花一分钱,我们就做了一个极具童话氛围的"金近童话园"教育景观。

用同样的思路,我们在校园里,先后开辟了"世界童话园""小鲤鱼游中国"等十大童话教育景观。一个童话主题式的校园初步形成了。

可是,那幢火柴盒似的教学楼,一直是我想改造但无力改造的"面孔"。

2009 年,由于汶川地震的关系,市政府委托有关部门来我校鉴定校舍是否安全。经鉴定,我们的"火柴盒"属于危房。一想到孩子们的安全有保障了,特别是通过修建新校舍,能彻底改变"火柴盒"的模样,我激动得差点对鉴定人员喊出"万岁"。

我和建筑院设计人员对接上了,我迫不及待地来到了设计院,拿出了一直保存着的国家邮政总局出版的《小鲤鱼跳龙门》邮票。这是幅很具民族风格的作品,完全符合学校对教育、美育的要求。我对设计师说,我们的主教学楼就以此为蓝本,围绕着"龙门""鲤鱼""水塘"三个意象,设计建筑面积共 4500 平方米的三层教学楼。

如今,呈现在师生面前的不是传统意义上"冷峻"的教学楼,而是一个活泼、温暖的童话故事。这个"故事"共三层:第三层楼顶高高矗立的龙门架,让人联想起鲤鱼奶奶描述的"化鱼成龙"的神奇传说,每一层敞开的圆形窗户,忽大忽小,像极了小鲤鱼奋力游水时吐出的水泡,两个连接整幢教学楼的超大环形,既是故事中翻腾的浪花,也是小鲤鱼们放飞想象的翅膀。整幢楼的"表情",温暖而诗性,天真而温馨。

童话公园般的校园,乐得孩子们连双休日也跑到学校来,荡荡"月亮船",转转"星星树"。

一位在北京上大学的学生给我写信:"校长,我万分感谢您为我们的童年时代创造了一个美丽的童话世界。近日,我老梦见自己在母校的那棵老樟树下,和小伙伴们看童话书、唱童话歌曲、讲童话故事。今年寒假,我要回去看我画在校园东墙角的那幅'皮皮'像,千万不要刷掉哦!"

有人说喜欢童话的人是单纯、天真,甚至简单的,我很认同。我觉得在某种意义上,单纯、天真和简单代表着心灵的宁静、安逸、快乐、温暖和感动……

"简单是福",能复归于"婴儿",也是我为童话喜、为童话忙、为童话累、为童话痴的原因所在。

诗人惠特曼曾写道:

有一个孩子每天向前走去,

他看见最初的东西,

他就变成那东西,

那东西就变成他的一部分……

我这样补写——

如果他遇上了童话,

那么童话也就种到了他的生命里。

生命在长大，

童话也在长大。

长大后的童话，

将会结出好多果子，

有的叫真诚，有的叫美丽，有的叫善良……

图书在版编目（CIP）数据

校长优先 / 何夏寿著. — 上海：上海教育出版社，2021.5
（小学语文教师书林）
ISBN 978-7-5720-0687-6

Ⅰ.①校… Ⅱ.①何… Ⅲ.①散文集－中国－当代 Ⅳ.①I267

中国版本图书馆CIP数据核字(2021)第083029号

责任编辑　杨文华　殷有为　马佳希
美术编辑　周　亚　陈　芸

小学语文教师书林
校长优先
何夏寿　著

出版发行　上海教育出版社有限公司
官　　网　www.seph.com.cn
地　　址　上海市永福路123号
邮　　编　200031
印　　刷　上海展强印刷有限公司
开　　本　700×1000　1/16　印张 15
字　　数　174 千字
版　　次　2021年7月第1版
印　　次　2021年7月第1次印刷
书　　号　ISBN 978-7-5720-0687-6/G·0520
定　　价　45.00 元

如发现质量问题，读者可向本社调换　电话：021-64377165